晨讀10分鐘

［小學生］

成語故事集（上）

撰寫——李宗蓓

繪圖——蘇力卡

目次

心情感受篇

第一週 開心的成語：樂不思蜀……008
第二週 害怕的成語：驚弓之鳥……014
第三週 不安的成語：杯弓蛇影……019
第四週 憂愁的成語：杞人憂天……026
第五週 感受的成語：見獵心喜……031
第六週 省思的成語：負荊請罪……036
第七週 志向的成語：鴻鵠之志……042

社會生活篇

第八週　婚姻的成語：坦腹東床……050
第九週　家庭的成語：舐犢情深……056
第十週　學習的成語：一暴十寒……062
第十一週　教育的成語：揠苗助長……068
第十二週　考試的成語：名落孫山……073
第十三週　政事的成語：東山再起……079
第十四週　法令的成語：約法三章……084

第十五週 人才的成語：三顧茅廬……090
第十六週 名聲的成語：洛陽紙貴……097
第十七週 情勢的成語：四面楚歌……103
第十八週 勝敗的成語：勢如破竹……110
第十九週 謠言的成語：曾參殺人……116
第二十週 真相的成語：東窗事發……122
第二十一週 稱呼的成語：梁上君子……128
第二十二週 關係的成語：脣亡齒寒……134
第二十三週 人情的成語：門可羅雀……139

第二十四週 貧困的成語：身無長物……144

第二十五週 人潮的成語：摩肩接踵……149

第二十六週 數量的成語：九牛一毛……155

企劃緣起 成長與學習必備的元氣晨讀－何琦瑜……162

專家推薦 晨讀十分鐘，改變孩子的一生－洪蘭……168

專家推薦 從聆聽和語境爆發的成語力，讓學習事半功倍－林怡辰……170

心情感受篇

開心的成語

樂不思蜀

當我們感覺開心時，臉上會露出笑容，或是透過其他肢體語言來表現，運用不同的成語，可以使開心的情緒更加生動。

故事時光機

三國時代，蜀漢君主劉備出征失敗，又身染重病，臨死之前，將治理國家的重責大任託付給軍師諸葛亮。

忠心耿耿的諸葛亮全力輔佐劉備的兒子劉禪，一生為蜀漢鞠躬盡瘁，可惜不久之後，也病死在五丈原的軍營中。

諸葛亮死後，劉禪整天過著吃喝玩樂的奢靡生活，沒有能力治理國家，蜀漢很快被魏國滅亡了，劉禪也被挾持到魏國京城洛陽。魏王司馬昭為了籠絡蜀漢地區的人心，不但沒有殺害劉禪，還封他為「安樂公」，讓劉禪照樣過著安逸享樂的生活。

亡國之君劉禪在洛陽，整天渾渾噩噩，毫無感傷。魏王司馬昭擔心劉禪假裝沉溺在玩樂中，心中仍然有著復興蜀漢的志向。為了測試他的真心，有一天，司馬昭擺設酒席招待劉禪，其間特別安排表演蜀國的歌舞助興。

跟著劉禪一起出席的蜀國大臣們，聽到故國的歌謠，想到亡國的恥辱和哀痛，各個神情哀傷，流下了眼淚，只有劉禪仍然開心的看著歌舞表演，一點都沒有難過的樣子。

魏王趁機問劉禪：「你想念蜀國嗎？」

劉禪告訴魏王，說：「我在這裡過得快樂，一點都不想念蜀國。」說完，又繼續大吃大喝。

酒席結束後，蜀國的舊臣郤正對劉禪說：「您怎麼能說不想念蜀國，不思念故鄉呢？如果魏王再問起，您應該流著眼淚，說自己的故鄉在蜀地，沒有一天不渴望返回故土。」

後來魏王果然再次問劉禪：「想不想念蜀國？」，劉禪聽了閉起眼睛，表現出悲傷的樣子，照著郤正的話說了一遍。

魏王聽了後，故意說：「你怎麼和郤正說的一樣？」

劉禪吃驚的張大眼睛說：「這些話的確是郤正教我的。」

魏王聽完後哈哈大笑，認為劉禪是一個沒有出息的庸才，即使諸葛亮還在世，也挽救不了蜀漢滅亡的命運。

樂不思蜀的劉禪，小名「阿斗」，後來人們也用「阿斗」或「扶不起的阿斗」來譏諷懦弱無能，沒辦法使他振作的人。

典源：《三國志》

學習藏寶箱

1 樂不思蜀

解釋　快樂得忘記了原來的國家蜀國。比喻留戀外地而不想返回故鄉；或形容沉迷在眼前的快樂時光中，不想回家。

造句　這次的歐洲之旅，美麗的風景真讓人樂不思蜀，不捨得回家。

2 喜出望外

解釋　形容因出乎意料的喜事而感到特別高興。

造句　出差許久的父親提前返家，我和弟弟喜出望外的迎接他。

3 心花怒放

解釋　形容心情像盛開的花朵般舒暢快樂，充滿喜悅。

造句　老師幾句讚美的話，讓妹妹心花怒放一整天。

4 手舞足蹈

解釋　手、腳舞動跳躍；形容非常高

興、喜悅的樣子。

造句　演唱會上，歌迷們手舞足蹈，開心的跟著偶像唱唱跳跳。

5 喜極而泣

解釋　形容高興到了極點，忍不住流下淚來。

造句　聽到嬰兒出生時的啼哭聲，媽媽淚流滿面，喜極而泣。

6 樂不可支

解釋　形容快樂到了極點，無法承受的樣子。

造句　哥哥入選了足球校隊，樂不可支的向我們報告這個好消息。

7 眉飛色舞

解釋　形容人滿臉開心、喜悅的神情。

造句　他一提起剛收養的狗寶寶，就眉飛色舞的講個不停。

害怕的成語

驚弓之鳥

有沒有令你感到害怕的東西呢?當你感到害怕時,會表現出來嗎?有什麼反應呢?找出真正令自己害怕的原因,才能克服恐懼。

故事時光機

戰國時代,魏國有一個百發百中的神箭手,名叫更羸。有一天更羸與魏王經過一座高臺下時,看到天上一群大雁正緩緩從遠方飛來,更羸觀察一會兒後,對魏王說:「大王,我拉緊弓弦後再放開，不用搭上箭，向天空虛發，就能射下大雁。」

魏王聽了非常驚訝：「我知道你是神射手，但是再怎麼厲害，不用箭就能射下空中的大雁，你真的做得到嗎？」

「可以的。」更羸胸有成竹的舉起了弓，不放箭，把弓拉滿後再放掉，「砰！」的一聲，彷彿朝空中射出了一枝隱形的箭，一隻大雁真的就從半空中應聲落下，跌落地面。

魏王讚嘆的說：「真是不可思議啊！不用箭就可以把雁射下來。」

更羸笑了笑，對魏王說：「大王，並不是我把雁射下來的。

其實這隻雁受過箭傷，傷口還沒有復原，是牠自己掉下來的。」

魏王問：「你怎麼知道呢？」

更羸說：「這隻大雁飛得太過緩慢，叫聲又充滿悲傷。這是因為先前曾經被弓箭射中，舊傷還沒有癒合，又擔心跟不上同伴們，只好強忍著傷口的疼痛，拚命飛行追趕同伴。在心裡受到的驚嚇還沒有平復的情況下，一聽到弓弦聲響起，以為又有人要用箭射牠，心驚膽戰的拚命想往高處飛去，結果舊傷裂開，疼痛得再也飛不動了，便從空中掉了下來。」

典源：《戰國策》

學習藏寶箱

1 驚弓之鳥

解釋 比喻曾經受過打擊或驚嚇，日後遇到類似的情況，就會感到驚恐不安。

造句 出過一次車禍後，只要聽到馬路上呼嘯而過的車聲，他就如驚弓之鳥，非常害怕。

2 噤若寒蟬

解釋 寒冷季節聽不到蟬叫聲。比喻心有顧忌，不敢說話或表達意見。

造句 看到同學被霸凌，有人噤若寒蟬不敢反應，也有人勇敢的挺身而出，制止這樣的惡行。

3 不寒而慄

解釋 雖然天氣不冷，身體卻一直發抖；比喻因為看到、聽到或想到害怕的事，而感到非常恐懼。

造句 這部科幻電影中恐怖又殘暴的怪獸，讓觀眾們看了不寒而慄。

4 心有餘悸（ㄒㄧㄣ ㄧㄡˇ ㄩˊ ㄐㄧˋ）

解釋　形容危險、驚嚇的事情過去後，心裡還存有陰影，回想起來覺得緊張、害怕。

造句　回想起地震發生時天搖地動的景象，我仍然心有餘悸。

5 魂飛魄散（ㄏㄨㄣˊ ㄈㄟ ㄆㄛˋ ㄙㄢˋ）

解釋　魂魄離體。比喻死亡或非常恐懼害怕。

造句　飛機在空中遇到亂流，嚇得他魂飛魄散，一直說以後不敢再搭飛機了。

6 提心吊膽（ㄊㄧˊ ㄒㄧㄣ ㄉㄧㄠˋ ㄉㄢˇ）

解釋　形容心理和精神上憂心害怕，無法平靜下來。

造句　自從家裡遭小偷後，大家到現在仍然提心吊膽，害怕又有人闖入。

7 談虎色變（ㄊㄢˊ ㄏㄨˇ ㄙㄜˋ ㄅㄧㄢˋ）

解釋　比喻一提到某種可怕的事，就心情緊張，非常害怕。

造句　過去提到癌症，人人談虎色變，如今隨著醫學的發達，癌症已不是絕症了。

不安的成語

杯弓蛇影

相較於害怕的成語用來形容真實經歷造成的恐懼，不安的成語則是對還沒有發生的事情，或自己預想的狀況感到驚慌。

故事時光機

東漢的時候，汲縣縣官應郴喜歡邀請親朋好友到家中做客，大家心情愉快的吃吃喝喝，天南地北的聊著各種話題，每次聚會都在賓主盡歡中愉快結束。

有一天，應郴邀請屬下官員杜宣到家中吃飯，吃飽飯後，大家一杯接一杯的喝酒聊天，杜宣舉起酒杯一飲而盡時，眼角餘光突然瞄到酒杯中有一條紅色的小蛇在蠕動。

然而酒已經喝進肚子裡了，如果大驚小怪的吵吵鬧鬧，又怕會得罪請客的主人，所以杜宣什麼也沒說，坐立不安的捱到宴會結束。

一回到家，杜宣就對家人說：「我的肚子好痛啊！」杜宣的妻子見他臉色慘白，有氣無力的樣子，趕緊請醫生過來診治，卻診察不出病因。杜宣越病越重，他的家人請來了一位又

一位的醫生，用了好多方法治療，病情都沒有好轉。

杜宣一病不起，整天躺在床上，沒有辦法辦公，身體也日漸消瘦。應郴聽說杜宣得了無藥可醫的怪病後，心想：「奇怪！杜宣前陣子到我們家喝酒吃飯時，身體還很健康，怎麼會一下子就生重病了呢？」於是到杜宣家裡探望他。

應郴問杜宣：「你生的是什麼病？」杜宣氣若游絲的躺在床上，說：「那天在您家中喝酒時，喝進了一條小蛇。這條小蛇在我的肚子裡作怪，讓我肚子痛，吃不下飯，越來越虛弱。」

「酒裡有小蛇？怎麼會有這種事？」應郴實在想不通杜宣

酒杯裡怎麼會有蛇？回到家後，他在那天杜宣喝酒的地方坐了下來，倒了杯酒，仔細觀察，這才發現，原來牆上掛著一把紅色的弓箭，光線折射後，弓的影子映在酒杯中，看起來就像是一條游動的小蛇。

應郴趕緊去告訴杜宣，他所看到酒杯中的「蛇」，不過是牆上的弓倒映在酒杯裡的影子罷了。當杜宣知道酒杯中的蛇，其實只是弓的影子，自己並沒有把小蛇喝進肚子裡後，心中不再疑神疑鬼，肚子也不痛了，重病不藥而癒，很快恢復了健康。

典源：《風俗通義》

學習藏寶箱

1 杯弓蛇影

解釋 比喻因不存在的事情，感到恐懼和驚慌。

造句 聽完靈異故事後，妹妹便杯弓蛇影，隨便一個動靜都當成鬼影。

2 吳牛喘月

解釋 南方的水牛怕熱，誤把月亮當成了太陽而不停喘氣。比喻見到類似曾經讓自己受害的事物，便害怕不安，失去正確判斷的能力。

造句 經歷過一場空難，現在只要一到高處，他都會如吳牛喘月般驚恐不已。

3 如坐針氈

解釋 好像坐在插滿針的毯子上。比喻身心痛苦，驚慌害怕十分不安。

造句 昨晚沒有準備好老師交代的功課，他上課時如坐針氈，很害怕被叫起來回答問題。

4 風聲鶴唳

解釋 聽到風聲或鶴鳴都疑心是追兵而驚恐不安，形容心中極為恐慌。

造句 警方大規模的掃黑行動，讓不法份子風聲鶴唳，膽戰心驚。

5 草木皆兵

解釋 見到風吹草動，都以為是敵兵。比喻精神緊張，一有動靜，便疑神疑鬼。

造句 這一帶近來發生了好幾起搶案，附近居民草木皆兵，聽到一點聲響都會慌張。

6 芒刺在背

解釋 好像細小的尖刺扎在背上。比喻心有畏懼，惶恐不安。

造句 社群網站上惡意的批評，猶如芒刺在背，讓他憂慮到食不下咽。

7 人心惶惶

解釋 形容人心動搖，處在驚慌、害怕的狀態裡。

造句 可能爆發大規模傳染病的消息傳出後，一時之間人心惶惶。

憂愁的成語

杞人憂天

憂愁雖然是內在的心情感受，但這類成語經常用外在的動作或狀態加以描述。當你感到憂愁時，會有什麼表情呢？

故事時光機

春秋時代，有一個杞國人，常常胡思亂想，整天都在煩惱這個，煩惱那個，無法安下心來。

有一天，他突然想到：「如果天崩塌下來了，怎麼辦呢？」

想著想著，嚇出一身冷汗，從此之後吃不下飯，睡不著覺，整天盯著天空，害怕天會突然崩塌。

他的朋友見他整天愁眉苦臉，心事重重的樣子，關心的問：「發生什麼事？你怎麼這麼憂愁？」

杞國人說：「我一直擔心天會崩塌下來，擔心到睡不著覺啊！」

知道原因後，這個杞國人的朋友便開導他：「天，是氣體堆積起來的。天地之間充滿氣體，我們整天在這團氣體裡活動、呼吸，怎麼會崩塌？你不要再擔心了。」

杞國人想了想，覺得朋友的話很有道理，放下心來。可是幾天後，他又開始擔心：「我們每天在地上走來走去，如果地塌陷下去，成為一個大窟窿，怎麼辦呢？」

他的朋友知道他又在憂慮後，安慰他：「大地是由許多土塊堆積成的，泥土密密實實的充塞在每個角落，大家每天在上面行走、活動，怎麼可能會塌陷呢！」

杞國人聽了朋友的話後，心中的疑慮消失，終於鬆了一口氣，不再為這些不可能發生的事情整天煩惱了。典源：《列子》

學習藏寶箱

1 杞人憂天

解釋　杞國人擔心天會塌下來而憂慮不安。比喻缺乏根據，沒有必要的憂慮。

造句　世界末日不過是個沒有根據的謠言，你不要再杞人憂天，擔心不已了。

2 庸人自擾

解釋　平凡庸俗的人，不明道理而自尋煩惱。

造句　有心事可以跟父母或朋友聊聊天，不要庸人自擾，一直鑽牛角尖。

3 多愁善感

解釋　形容人感情豐富、個性脆弱，容易憂愁傷感。

造句　她個性纖細，多愁善感，常為一點小事憂傷半天。

4 愁眉苦臉

解釋　形容人緊皺著眉頭，神色憂傷愁苦的樣子。

造句　一想到明天要考試，哥哥就愁眉苦臉，不停唉聲嘆氣。

5 垂頭喪氣

解釋　低垂著頭，意氣消沉。形容因失敗或不順利而心情沮喪的樣子。

造句　自己精心設計的作品落選了，他心情愁苦，垂頭喪氣。

6 悵然若失

解釋　形容人神志迷惘、憂愁，好像失去了什麼的樣子。

造句　想起已經轉學的好朋友，我就悵然若失，非常想念他。

7 憂心忡忡

解釋　形容人心中有所牽掛，憂慮不安的樣子。

造句　妹妹高燒不退，媽媽憂心忡忡，整夜沒睡的守在妹妹身邊。

感受的成語

見獵心喜

心中的感覺情感看不到也摸不著，如果能善用成語，將抽象的感覺用比喻的方式表現出來，一下就可以讓聽者明白。

故事時光機

宋朝著名的大學問家程顥，十六、七歲時非常喜歡打獵，最大的嗜好就是和一群朋友們騎著馬，背著弓箭，帶著獵犬到山中打獵，享受追逐獵物的刺激。

程顥的年紀漸長後，拜當時著名的學者周敦頤為師。從此之後，程顥將所有的心力投注在研究學問上面，不再像過去一樣常常呼朋引伴，外出打獵了。

後來程顥成為朝廷官員，公務繁忙，可以休閒玩樂的時間變得更少了，久而久之便不再打獵。有一次，程顥的老師周敦頤問他：「過去你常常打獵，為什麼現在不再打獵了呢？」

程顥恭敬的回答老師：「以前我最大的嗜好就是打獵，但現在我更喜歡讀書、工作。打獵再也引不起我的興趣了。」

周敦頤聽了程顥的話後，笑著說：「一個人要忘掉喜歡的事情可不容易啊！現在你只是將喜歡打獵的心情隱藏起來，不再去想它。如果有一天再被觸動，又有機會接觸到，就會像從前一樣喜歡它了。」

然而程顥還是認為打獵是過往少年時的興趣，自己不會再做。直到十幾年過去後，一次程顥在回家的路上，突然聽到一陣喧譁的聲音，他抬頭看去，原來田野間有群人正在打獵，他頓時回憶起少年時代快樂的經驗，對打獵的愛好之情一下湧上了心頭，不禁見獵心喜，心動的想要嘗試，再次大展身手。

典源：《周濂溪集》

學習藏寶箱

1 見獵心喜

(1)

解釋　比喻舊習慣難以忘懷，看到別人在做自己過去喜愛的事，便心情愉悅，想要再次嘗試。

造句　他從小就喜歡踢足球，現在快邁入老年了，但只要看到有人踢球，仍見獵心喜的也想下場試一下身手。

(2)

解釋　形容看到喜愛事物而心中欣喜。

造句　在書店裡看到難得一見的模型，哥哥見獵心喜，立刻買回家組裝。

2 春風得意

解釋　形容人因事情順利、志願實現而心情愉悅滿足。

造句　他剛拿下設計大獎，作品受到國際肯定，整個人春風得意。

3 心曠神怡

解釋 形容心情開朗，精神輕鬆愉悅。

造句 徜徉在大自然美景中，呼吸新鮮空氣，讓人心曠神怡。

4 一日三秋

解釋 形容思念殷切，多用於對親人或好友的懷念。

造句 媽媽到外地出差，我感到一日三秋，真希望她快點回家！

5 望眼欲穿

解釋 極目遠望，眼珠都快看穿了。形容心中殷切的期盼。

造句 哥哥望眼欲穿等了好幾天，終於收到了錄取通知。

6 如喪考妣

解釋 好像父母去世般。形容心情悲傷痛苦。

造句 他一副如喪考妣，天要塌下來的神情，不知道發生什麼事了？

7 怒髮衝冠

解釋 憤怒到頭髮豎起，頂著帽子。形容人極為憤怒的樣子。

造句 沒做的事，卻無端遭到誣賴，他怒髮衝冠的去找造謠者理論。

省思的成語

負荊請罪

每個人都會犯錯，重點在做錯事情後，能不能勇於承認，誠心改過。一個能改正錯誤的人與一個不懂得反省的人，哪一種作法正確呢？

故事時光機

戰國時代，趙國臣子藺相如出使秦國完璧歸趙，接著又在諸侯大會上，挺身而出維護了趙王的尊嚴。兩次出使，都立下大功，受到趙王的賞識，當了大官。

這件事讓趙國大將軍廉頗很不滿，他認為自己帶兵打仗，在沙場上出生入死，保家衛國，藺相如不過靠著口才和勇氣，官位就比自己還要高。廉頗心中很不服氣，憤恨的對大家說：「我要找機會當面羞辱藺相如，讓他知道誰的功勞比較大。」藺相如知道後，便刻意躲避廉頗，每到要上朝時，就假裝生病，避免遇到廉頗。

又有一次，藺相如乘馬車外出，遠遠看到廉頗的車子，立刻要車夫掉轉馬車，改道行走，不讓廉頗看見。藺相如的部下認為這樣太懦弱，對他說：「您看到廉頗將軍就躲起來，這樣的行為，連普通人都會感到羞恥，何況您還是朝廷官員呢？我們不願意再跟隨您了。」

藺相如聽了後，問他們：「秦王和廉頗，誰的權勢比較大？」

藺相如的部下紛紛回答：「秦王！」

藺相如接著說：「我連秦王都不怕了，怎麼會怕廉頗將軍呢？你們想一想，強大的秦國為什麼不敢出兵侵略趙國？這是因為內部有我輔佐國君，外部有廉頗將軍坐鎮指揮。我們兩個人如果因為個人的恩怨，相互鬥爭，造成國家社會動盪不安。

不是正好讓秦國有機會攻打我們嗎？我是以國家百姓的安全為重，才躲著廉頗，不想和他發生衝突，並不是害怕他！」

藺相如這番話傳到廉頗耳中後，廉頗慚愧萬分，他脫掉上衣，背著荊條，到藺相如家中陪罪，對他說：「我是一個氣量狹小，見識淺陋的粗人，不知道您為了顧全大局如此寬容，請您責罰我吧！」

藺相如趕緊扶起廉頗，兩人言歸於好，結為了肝膽相照的刎頸之交，同心協力為國家效力。典源：《史記》

學習藏寶箱

1 負荊請罪

解釋 背著荊條，到對方的居所自請責罰。比喻主動向對方承認錯誤，請求責罰和原諒。

造句 他沒有問清楚事情的真相，發現錯怪了好朋友後，他充滿悔意的負荊請罪，懇求原諒。

2 從善如流

解釋 比喻樂於接受他人好的勸導與意見，如同水往低處流般自然。

造句 師長們給我們的建議，都是寶貴的經驗之談，我們應從善如流的虛心接受。

3 暮鼓晨鐘

解釋 佛寺中早晚報時的鐘鼓。比喻使人覺悟的言論。

造句 老師的關心與勸導，猶如暮鼓晨鐘，將他引導回正途。

4 迷途知返

解釋 比喻人覺察自己步上錯誤的道路，而能加以改正。

造句 他讀書時曾經吸食過毒品，後來迷途知返，還成為了反毒大使。

5 亡羊補牢

解釋 丟失了羊，趕快修補羊圈。比喻犯錯後及時改正、補救。

造句 這場比賽會輸，原因很多，虛心檢討之後亡羊補牢還來得及。

6 洗心革面

解釋 比喻一個人在犯錯後澈底悔悟，改過自新。

造句 出獄之後，他洗心革面，遠離壞朋友，不再做犯法的事。

7 前車之鑑

解釋 比喻先前的失敗經驗或教訓，可以作為後人的借鏡。

造句 這個失敗的例子正好作為前車之鑑，提醒我們不要再犯。

志向的成語

鴻鵠之志

有人立志當發明家，有人立志當畫家，大家的志向都不同，沒有高低之分。運用成語來說說自己的志向吧！

故事時光機

秦始皇統一天下後，殘酷的刑罰與暴政，讓百姓們生活在水深火熱之中，苦不堪言。

當時有一個年輕人，名叫陳勝，因為家境貧窮，他靠替別人耕種維生，賺取一點微薄的收入。有一次，大家在大太陽下工作累了，坐到田埂上喝水休息時，陳勝看著一起耕種的夥伴們各個疲憊不堪的樣子。再想想自己這麼年輕，每天努力工作，卻不知道何時才能擺脫貧困的生活，心中既感慨又惱怒，便對大家說：「將來有一天，如果我們之中有人出人頭地，有了大成就，一定不要忘記現在一起辛苦耕種的夥伴！要互相提攜、照顧啊！」

和他一起耕種的夥伴們聽了後，不但不為陳勝加油打氣，還取笑他說：「哎喲，像我們這樣貧窮的人，能受僱為人耕田，

賺點小錢過日子就不錯了。哪裡還會有功成名就的一天呢？你別胡思亂想，好好回去耕田吧！」

陳勝聽了夥伴的話後，嘆了口氣後說：「唉！燕雀安知鴻鵠之志啊！」

陳勝感嘆一起耕種的夥伴們就像燕子、麻雀這類的小鳥，目光短淺，飛也飛不高，絲毫不能理解自己像大雁、天鵝般，有著想展翅高飛的遠大志向和抱負！

胸懷大志的陳勝，後來和吳廣成為了第一批領導農民起義，推翻秦朝暴政的英雄。雖然這次的起義行動沒有成功，但

是戰事並未因此停止，反而點燃了之後反抗活動的火苗，終於推翻了秦朝。典源：《史記》

學習藏寶箱

1 鴻鵠之志（ㄏㄨㄥˊ ㄏㄨˊ ㄓ ㄓˋ）

解釋　比喻志向遠大。

造句　他年紀雖小，卻胸懷鴻鵠之志，希望有一天能成為宇宙探險家，在外太空生活。

2 投筆從戎（ㄊㄡˊ ㄅㄧˇ ㄘㄨㄥˊ ㄖㄨㄥˊ）

解釋　比喻棄文從軍，保衛國家，立下功勞。

造句　王大哥畢業後，投筆從戎，希望有天能成為空軍飛行員。

3 壯志凌雲（ㄓㄨㄤˋ ㄓˋ ㄌㄧㄥˊ ㄩㄣˊ）

解釋　雄壯高遠的志向直衝天際。形容志氣高遠。

造句　奧運比賽即將開始，各國參賽選手無不壯志凌雲，想奪取金牌榮耀。

4 東山之志（ㄉㄨㄥ ㄕㄢ ㄓ ㄓˋ）

解釋　比喻隱居山林，不願出來作官的

志向。

造句 他曾經是政治明星，現在卻抱著東山之志，不再參與政事。

5 老當益壯（ㄌㄠˇ ㄉㄤ ㄧˋ ㄓㄨㄤˋ）

解釋 讚美人年紀雖大，但身體健康，志氣豪壯，不適用於青年。

造句 李爺爺老當益壯，在馬拉松賽中一馬當先，跑完了全程。

6 枕石漱流（ㄓㄣˇ ㄕˊ ㄕㄨˋ ㄌㄧㄡˊ）

解釋 以山石做枕頭，用溪水漱口。形容隱居山林，志向高潔。

造句 王老闆曾經在商場上叱吒風雲，退休之後過著枕石漱流的生活，不再追逐名利。

7 非池中物（ㄈㄟ ㄔˊ ㄓㄨㄥ ㄨˋ）

解釋 比喻志向遠大，有抱負、有作為的人。

造句 憑著智慧與努力，他終非池中物，年紀輕輕就開創自己的網路事業。

社會生活篇

婚姻的成語

坦腹東床

古時候，婚姻經由父母同意，還要透過媒人說媒，是兩個家庭，甚至兩個家族的大事，所以有許多和婚姻有關的成語。

故事時光機

魏晉南北朝的時候，婚姻講究門當戶對，名門大家族之間，常常互相聯姻，結為親家。

當時的大將軍郗鑒很有名望，有一個女兒到了適婚年齡。

郗鑒想要為女兒找一個好女婿，他聽說丞相王導家的子侄們，都是風度翩翩的好青年，於是派人送信給王丞相，說：「王家子弟各個是青年才俊，我想挑選一個做我的女婿。」

王導看了信之後，回覆郗鑒：「我會轉告家中未婚的子弟們做好準備，請您選個好日子來挑女婿吧！」

王家的未婚子弟們平常住在東廂房，聽到這個消息後，雀躍的討論說：「郗家是名門大族，能成為他們家的女婿，真是光榮啊！我們要表現出最好的一面才行。」

到了選婿那一天，郗鑒派使者到王家觀察。王家子弟們都慎重的整理、修飾外表，表現出端莊有禮的樣子，希望自己能被選中，成為郗家的女婿。只有一個青年，毫不在意，保持著平時的模樣，衣服也沒整理好，露出肚皮，靠在東邊的竹榻上大口大口的吃著東西。

使者回去後，秉告郗鑒：「王家青年，各個彬彬有禮，只有一個竟露著肚子吃東西，好像沒有聽到郗家要來選婿的消息一樣。」

郗鑒聽了後，竟然最中意那位青年，認為他性格率真，絲毫不矯揉造作，開心的說：「就是他，這個人就是我想要找的好女婿。」

郗鑒把女兒許配給了這位坦腹東床的青年。這位青年是丞相王導的侄子，也就是後來在歷史上大名鼎鼎，有「書聖」美譽的大書法家王羲之。

典源：《晉書》

學習藏寶箱

1 坦腹東床（ㄊㄢˇ ㄈㄨˋ ㄉㄨㄥ ㄔㄨㄤˊ）

解釋 指女婿或是當女婿。

造句 王大哥近日即將與陳姐姐步入禮堂，成為陳家的坦腹東床。

2 雀屏中選（ㄑㄩㄝˋ ㄆㄧㄥˊ ㄓㄨㄥˋ ㄒㄩㄢˇ）

解釋 比喻被選為女婿。

造句 陳姐姐溫柔婉約，不知哪一個追求者能雀屏中選，成為陳伯伯的女婿。

3 秦晉之好（ㄑㄧㄣˊ ㄐㄧㄣˋ ㄓ ㄏㄠˇ）

解釋 春秋時代，秦、晉二國世代聯姻，今比喻兩姓聯姻，門當戶對。

造句 他們兩家是世交，最近又結為秦晉之好，真是親上加親。

4 舉案齊眉（ㄐㄩˇ ㄢˋ ㄑㄧˊ ㄇㄟˊ）

解釋 東漢時孟光將放置飯菜的木盤高舉，與眉平齊，端給先生梁鴻，表示敬愛。用以比喻夫妻恩愛，互相敬重。

造句 他們舉案齊眉，互相尊重敬愛，是大家眼中的模範夫妻。

5 勞燕分飛（ㄌㄠˊ ㄧㄢˋ ㄈㄣ ㄈㄟ）

解釋 伯勞鳥和燕子離散飛走。比喻夫妻、情人之間分手別離。

造句 長期兩地分離，他們終究勞燕分飛，結束了多年的感情。

6 覆水難收（ㄈㄨˋ ㄕㄨㄟˇ ㄋㄢˊ ㄕㄡ）

解釋 潑出去的水，再也收不回來了。比喻婚姻破裂後很難再復合，或事情已成定局，無法再改變或挽回了。

造句 這對夫妻長期感情失和，爭吵不休，婚姻已覆水難收了。

7 破鏡重圓（ㄆㄛˋ ㄐㄧㄥˋ ㄔㄨㄥˊ ㄩㄢˊ）

解釋 破裂的鏡子重新黏合。比喻夫妻離散或感情決裂後和好團聚。

造句 這對夫妻離異多年後，最近破鏡重圓，決定再次攜手共度人生。

家庭的成語

舐犢情深

舉凡父母疼愛子女，子女孝順父母，或者手足和祖孫之間的情感交流，都是家庭類的成語，你知道「舐犢情深」是在形容哪一種親情嗎？

故事時光機

三國時代，魏王曹操手下的官員楊修，聰明過人，很會察言觀色，曹操心裡想什麼，不用說出來，他都能察覺。

有一次，曹操去巡視一座快要興建完成的庭園，看完之後一句話都不說，只在大門上寫了一個「活」字。工匠們不知道這是什麼意思，便去請教楊修。

楊修說：「大王的意思是門太寬闊，改窄一點吧！」原來門中一個「活」字，就成了「闊」。後來工匠按照楊修的建議，修改了大門，曹操非常滿意。

又有一次，曹操收到一盒美味的酥餅，他品嚐了一塊後，在盒子上面寫了一個「合」字。曹操離開後，楊修便打開盒子，拿了一塊酥餅吃。

其他臣子看到後，緊張的說：「不可以吃！不可以吃！大

王沒說可以吃呀！」

楊修說：「『合』字折開來看，就是『人一口』。大王的意思是請我們一人一口，一起分享呀！」大家聽了楊修的解釋，才一人拿一塊酥餅品嚐。

後來，曹操和劉備爭奪漢中，蜀國的將士英勇奮戰，魏軍一直無法攻下，雙方僵持了很長的時間。一天夜裡士兵向曹操請示當日的口令時，曹操說：「雞肋！」楊修知道後，便回到營帳收拾行李，對大家說：「我們很快就要離開了。『雞肋』是雞的肋骨，吃起來沒有肉，丟掉又覺得可惜，就像現在的處

境。大王對攻下漢中已感到無可奈何，準備要撤軍了。」

不久後，曹操果然下令收兵，撤離漢中。然而生性多疑的曹操知道楊修早就料到他會撤軍時，心中卻產生了猜忌，便以楊修擾亂軍心為藉口，把他殺了。

楊修的父親楊彪也是朝廷官員，兒子死後，他整日以淚洗面，吃不下也睡不著，非常傷心。有一次，曹操見到楊彪，驚訝的問他：「你怎麼瘦了這麼多，這麼憔悴。」

楊彪哀傷的回答：「因為我懷抱著老牛用舌頭舔舐小牛般的憐愛深情，日夜思念著我的兒子呀！」

典源：《後漢書》

學習藏寶箱

1 舐犢情深

解釋 老牛愛護小牛，用舌頭舔小牛。形容父母對子女的疼愛深情。

造句 王爸爸舐犢情深，即使孩子已經長大了，還是照顧得無微不至。

2 寸草春暉

解釋 小草微薄的心意，報答不了春天陽光的恩惠。比喻父母養育恩情深重，子女竭盡心意也難以報答。

造句 這篇文章寫出了對父母養育之恩的感謝。寸草春暉之情，讓人感動萬分。

3 天倫之樂

解釋 「天倫」是自然的倫常關係。形容家人團聚時的歡樂。

造句 假日時，爸爸、媽媽會帶我們回老家探望親人，享受天倫之樂。

4 承歡膝下

解釋　取悅、迎合父母的心意，讓父母心情愉快。

造句　退休之後，他決定搬回老家，照顧年邁的父母，承歡膝下。

5 含飴弄孫

解釋　上了年紀的人嘴裡含著糖，逗弄小孫子。形容老年人恬適悠閒的生活樂趣。

造句　王爺爺退休之後，最開心的就是可以享受含飴弄孫的生活。

6 克紹箕裘

解釋　比喻能夠接手父親的工作，繼承家庭的事業。

造句　從小看著父母辛苦工作的身影，長大後他克紹箕裘，繼承了家裡的百年老店。

7 讓棗推梨

解釋　南朝時，王泰不和兄長爭棗栗，東漢時孔融讓梨給兄長。比喻兄弟之間禮讓、友愛之情。

造句　他們兄弟從小讓棗推梨，感情融洽，長大之後依然互相扶持。

學習的成語

一暴十寒

古時候沒有燈光，天黑之後想要繼續讀書，就必須尋找光源照明，所以有許多克服困難，勤於學習的成語故事。

故事時光機

孟子是戰國時代的大思想家，常常到各國勸說君王要用仁愛的心治理國家，不要發動戰爭。

有一次，孟子到齊國與齊王會面。齊王苦惱的說：「我很

用心的治理國家，為什麼政治還是不夠清明？百姓生活還是不夠安定？難道是我不夠聰明、才能不足嗎？」

孟子對齊王說：「大王，不是您不夠聰明。我舉兩個例子來說明。如果把天底下最容易生長的植物，放在陽光下曝晒一天，接著再把它放在寒冷的地方十天，一暴十寒的結果，生命力再強的植物也無法存活。就像我跟大王相處的時間很短暫，一旦我離開了齊國，那些圍繞在您身邊的小人又會來矇騙您，因此就算我讓大王產生了仁愛向善、愛護百姓的心，也沒辦法長久維持。」

孟子看著齊王若有所思，有所領悟的樣子之後，接著又說：「從前有一個下棋高手，名叫秋。秋同時教導兩名學生下棋。這兩名學生剛開始的時候程度差不多，然而一個學生專心的聽著老師的講解；另一個學生看起來專心聽講，其實卻心不在焉，不斷偷偷瞄著窗外，想著天上有鳥群飛過，如果能夠不要上課，拿起弓箭外出射鳥，該有多好呀！兩個學生雖然用同樣的時間學習同樣的東西，但是一個人不斷在進步，另一個人卻不斷在退步，兩個人程度也越差越大。這是什麼原因呢？不是落後的學生聰明才智不足，也不是老師沒有認真指導他，而

是他不專心呀！」

孟子藉由這兩個例子，勸告齊王治理國家要遠離不好的影響，專心致志的處理國家大事。

典源：《孟子》

學習藏寶箱

1 一暴十寒

解釋 在陽光下曝晒一天，又接連冷凍十天。比喻人做事情時常中斷，不能有所堅持，缺乏恆心。

造句 想要精通一項技藝，成為專家，就要持之以恆的練習，一暴十寒的話，什麼都學不成。

2 韋編三絕

解釋 孔子勤讀《易經》，讓用來編聯竹簡的皮繩多次斷裂。比喻勤奮讀書，刻苦研究學問。

造句 這本昆蟲百科他讀到韋編三絕，可見鑽研得多深入。

3 映雪囊螢

解釋 晉朝時，孫康夜晚利用雪光照映讀書，車胤借螢火亮光讀書。形容人在艱困的環境中，勤奮讀書。

造句 他家境清寒，卻映雪囊螢刻苦力

學，現在已是享譽世界的大學者了。

4 刺股懸梁

解釋 用錐子刺大腿，將頭髮用繩子懸在屋梁上，警醒自己用功讀書。形容發憤努力的學習。

造句 他以刺股懸梁的精神苦讀，終於考取了第一志願。

5 鑿壁借光

解釋 漢代匡衡鑿穿牆壁，借用鄰居家的燭光讀書。比喻刻苦勤學。

造句 他鑿壁借光，一路讀到博士，刻苦向學的精神讓人敬佩。

6 手不釋卷

解釋 手中總是拿著書卷不放。形容人勤奮好學。

造句 他整天手不釋卷埋首書堆，鑽研著古文明，想要解開歷史之謎。

7 囫圇吞棗

解釋 棗子不加咀嚼就整個吞進肚裡。形容求學或理解事情時沒有澈底了解，便含糊接受。

造句 不求理解，囫圇吞棗的讀書方式，對學習是沒有幫助的。

教育的成語

揠苗助長

古時候不是人人能接受教育，到學校裡上學是非常可貴的事情，後人常以「春風」比喻老師教導學生的恩澤，也非常尊師重道。

故事時光機

從前宋國有一位農人，每天早出晚歸，勤勞的在田裡耕作。

有一天，他坐在田梗上休息時，發現其他農人田裡的秧苗長得又高又好，自己田裡的秧苗卻又矮又小，生長得很慢。

農人心裡很擔心，自言自語的說：「真是奇怪了，我這麼盡心盡力的照顧，怎麼田裡的秧苗還是長不大呢？」

農人心裡一直想著這件事，很在意自己田裡的秧苗長得比其他農人的慢。有一天，他突然靈光一現，有了一個自以為很聰明的想法。他跳到田裡，把每一株秧苗都從泥土裡往上拉高一點，看到自己田裡的秧苗比其他農田的秧苗都高時，農人心滿意足的回家了。

一回到家，他便開心的對妻子說：「哎呀！我今天累壞了。」

他的妻子聽了後，好奇的問：「你做了什麼事？怎麼會這麼累？」

農人得意的說：「我做的事可了不起，我只花了一天的時間，就讓田裡的秧苗長高了！」

農夫的兒子聽了，很好奇秧苗是怎麼長高的，急忙跑到田裡看是怎麼一回事？卻發現稻田裡所有的秧苗不但沒有長高，還因為根被拔離了泥土，全部都枯死了。典源：《孟子》

學習藏寶箱

1 揠苗助長

解釋　拔起幼苗，想幫助草木快點成長。比喻為了快速達到目標，使用不恰當的手段，反而有害。

造句　嚴格要求幼小的孩子學習好各種才藝，小心揠苗助長，反而讓他失去學習的興趣。

2 孟母三遷

解釋　為了讓孟子有良好的學習環境，他的母親搬家三次。形容父母教育子女的苦心，也可以形容家庭教育和學習環境的重要。

造句　為了讓孩子有一個自由發展的學習環境，陳叔叔一家孟母三遷，搬到了心目中理想的學校附近。

3 春風化雨

解釋　適合草木生長的和風及雨水。比喻師長親切和藹的教誨與教導。

造句　在黃老師春風化雨教導之下，我們度過了充實美好的學校生活。

4 有教無類

解釋 比喻教育的對象，沒有貴賤貧富的分別，一律平等。

造句 張老師秉持有教無類的理念，對所有同學一視同仁，盡心教導。

5 青出於藍

解釋 青色原是從一種叫「蓼藍」的植物中提煉出來的，但是顏色比蓼藍還深。比喻學生的表現、成就超過老師，或後輩勝過前輩。

造句 為人師表最欣慰的事，就是學生能青出於藍，有更傑出的表現。

6 桃李滿門

解釋 桃李是指受到栽培的學生。比喻學生眾多，或稱讚培育出許多優秀人才。

造句 王老師春風化雨三十年，桃李滿門，作育了無數英才。

7 因材施教

解釋 形容依據受教者不同的資質和志趣，給予不同的教導。

造句 林老師因材施教，讓班上的同學都能發揮所長，在各個領域有優異的表現。

考試的成語

名落孫山

考試的結果就是成績，有表示成績優異的成語，有表示得到了第一名的意思，也有形容最後一名，甚至落榜的成語。

故事時光機

宋朝時，江蘇有個秀才名叫孫山，他的個性幽默又風趣，當地的人們都稱他為「滑稽才子」。有一年，孫山要去省城參加舉人的考試。古時候交通不發達，往返省城一趟，有時需要好幾個月的時間。

村子裡一個青年也要去參加考試，他的父親於是去拜訪孫山，說：「孫秀才啊！我們家兒子今年也要去省城參加考試，可以和您一起去嗎？一路上，還請您多多照顧。」

孫山答應了，他和這位青年結伴同行，一起去省城參加考試。

考完試放榜，孫山和青年一同去看榜單，孫山的名字在榜單上最後一位，考中了舉人，而和他一起參加考試的同鄉青年卻榜上無名，沒有考上。

孫山考取後開心得不得了，迫不及待的趕回家鄉，向家人報告這個好消息。落榜的青年心情低落，沒有和孫山一起回鄉。古時候通訊不發達，很難連絡消息。孫山先回到家鄉，青年的父親見兒子沒有一起回來，不知道兒子的狀況，便去拜訪孫山，先恭喜他，再問問自己兒子的消息：「恭喜先生金榜題名，我的兒子還沒有回來，請問他也上榜了嗎？」

孫山看到老人一臉期盼的神情，不忍心直接說出他的兒子沒有考取，要過一陣子才會返家。便作了一首詩，含蓄的回答：「解名盡處是孫山，賢郎更在孫山外。」

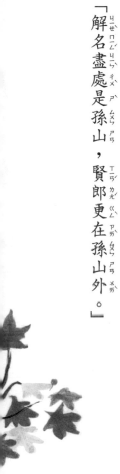

「解名」是泛指在科舉考試中考取舉人的名字，孫山告訴老人榜單上最後一名是自己，而老人兒子的名字在我孫山的後面，就是指並不在錄取榜單上，沒有考取的意思。

典源：《過庭錄》

學習藏寶箱

1 名落孫山

解釋 比喻考試失敗或選拔落選。

造句 這次的才藝大賽，他雖然名落孫山，卻不灰心氣餒，準備再接再厲，下次再來挑戰！

2 金榜題名

解釋 「金榜」是科舉時代殿試揭曉的榜單。指考試被錄取，名字登在榜單之上。

造句 為了慶祝哥哥金榜題名，爸爸要帶我們全家去環島旅行，好好放鬆一下。

3 獨占鰲頭

解釋 古代進士中狀元後，曾站在宮殿石階前的浮雕巨鰲頭上迎榜。比喻在競賽中獲得第一名。

造句 他在這個機器人程式設計大賽中，獨占鰲頭，獲得首獎。

4 首屈一指

解釋　彎下手指頭計算時，首先彎大拇指。表示名列第一或最優秀的。

造句　他是國內首屈一指的病毒專家。

5 名列前茅

解釋　名列在隊伍前面。比喻考試或比賽中成績優異，名次排在前面。

造句　她的英文標準流利，每次參加演講比賽總是名列前茅。

6 連中三元

解釋　科舉時代，鄉試第一名為解元，會試第一名為會元，殿試第一名為狀元，合稱「三元」。連續三次都考中第一名，比喻接連獲得勝利。

造句　這次的比賽，他在個人組和團體組都得到優勝，連中三元，好成績無人能及。

7 敬陪末座

解釋　在宴會中，輩分小或地位低的人坐在最後面的座位。比喻在競賽或考試中得到最後一名。

造句　雖然考試及格了，但敬陪末坐的成績，還是需要再加油。

政事的成語

東山再起

政事類的成語，以官員的任用、公務活動為主，有為公事繁忙，到處奔走不休息的官員，也有白領薪俸，卻不認真工作的官員。

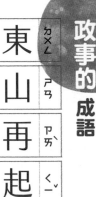

故事時光機

晉朝人謝安出身世家大族，本身才華洋溢，學問和見識都很出眾，年紀輕輕便成為朝廷官員，但他不喜歡官場上的鬥爭與束縛，不久後便藉口身體不好，辭去了官職，帶著家人隱居在東山，過著閒適的生活，不再參與國家大事。

有一次，謝安和好朋友們乘著一艘小船出海遊玩，突然颳起了一陣大風，原本風平浪靜的水面一下波濤洶湧，小船在海中劇烈的搖晃，大家都驚慌失措，恐懼不已，大呼小叫的叫船夫趕快把船開回岸邊。

只有謝安臨危不懼，對大家說：「保持鎮定，不要驚慌。風浪很快就會停了。」這時大家才漸漸平靜了下來。不久後，船平安駛回岸邊，大家見識到謝安的氣魄和膽識，更肯定他是一位可以安定天下的好人才。

謝安的家族中，很多親友都在朝中做官，大家都認為謝安的才能比其他兄弟更出色，應該出來為國家效力才對。但不管誰請他出來做官，他都拒絕。當時民間便流傳著一句話：「謝安隱居在東山，不肯出來做大官，天下百姓等不到謝安，誰來拯救？誰能拯救？」

謝安四十多歲時，國家更加動盪不安，他終於接受了征西大將軍桓溫的邀請，離開東山，到朝廷擔任官職。後來，謝安發揮了政治和軍事的長才，一路當到了宰相，更領導晉軍打敗侵略的敵人，讓國家轉危為安，天下蒼生得以安居。典源：《世說新語》

學習藏寶箱

1 東山再起

解釋　指官員隱退後，再度出任官職，後也比喻失勢後重新恢復地位。

造句　他退出政壇多年，這次東山再起，獲得民眾的支持，高票當選立委。

2 終南捷徑

解釋　唐朝人盧藏用刻意隱居終南山求取高名，最後做了大官。比喻可以達到求官、求名、求利的便捷途徑或速成方法。

造句　他靠著親友的關係，走終南捷徑，很快就升官發財了。

3 五日京兆

解釋　京兆是京師地區的行政長官。比喻任職時間不長，或沒有長遠的打算。

造句　這位部長才上任，就因弊案纏身請辭，成了五日京兆。

4 狗尾續貂

解釋 用狗尾取代裝飾在官帽上的貂尾，諷刺不計才能優劣任用官員；或把不好的東西接續在好東西後面，前後不相稱。

造句 這個市長用人唯才，絕不狗尾續貂，隨意任用官員。

5 尸位素餐

解釋 比喻空占職位，白領薪俸，卻不認真工作。

造句 新主管為了提升工作效率，裁減了許多尸位素餐的員工。

6 宵衣旰食

解釋 天還沒亮就穿衣起床工作，直到傍晚才進食。形容官員勤於政事。

造句 當上市長後，他每天公務繁忙，宵衣旰食的為民服務。

7 席不暇暖

解釋 席子還沒坐暖就得起身再忙別的事。形容公事繁忙，到處奔走，沒有休息的時候。

造句 為了水災之後救援的工作，消防人員席不暇暖，辛苦又忙碌。

法令的成語

約法三章

法治不管是過去還是現在，都非常重要。法令必須執行嚴明，公正無私，最怕的就是沒有威信，無法取信於民。

故事時光機

秦朝末年，各地英雄豪傑紛紛起義反抗秦國的暴政，最後劉邦的大軍先攻入了咸陽城，秦王子嬰主動投降。有將領建議劉邦殺掉秦王，以絕後患，但劉邦卻認為殺掉已經投降的人，不夠仁義，會遭受百姓的批評，因此不殺子嬰。

劉邦進入咸陽城後，看到秦王的宮殿富麗堂皇，宮中奢侈的享受讓劉邦一時心動，想要留在宮殿裡享受富貴的生活。這時一位忠心的臣子樊噲勸劉邦：「大王，沉溺在奢侈的享樂生活中，正是秦朝滅亡的原因之一，我們應該記取教訓。」

劉邦卻聽不進去，大臣張良再繼續勸告劉邦：「大王，我們能順利的攻進咸陽，正是因為秦王胡作非為，百姓生活困苦，紛紛想要反抗的結果。您想為天下人除害，應該建立簡樸、清廉的形象，才不會讓百姓反感。雖然這些話不中聽，卻是對我們有益的，希望您能從善如流，聽從樊噲的建議。」劉邦這才醒悟過來，把王宮中的珠寶、財物封好，保存起來，下令不准隨便動用，然後率領軍隊退出咸陽，駐紮在城外，不驚動城中百姓們的生活。

之後劉邦又這麼對咸陽城中的鄉親父老們宣告：「秦王暴虐無道，法令嚴苛到幾個人聚在一起說話都會被處以死刑。我曾和諸侯們約定，先進入關中的人可以稱王，現在我以王上的身分和大家約定，以後法律只有三條：第一、犯了殺人罪要判死刑。第二、傷害他人要受處罰。第三、搶劫財物要判刑。其餘秦朝不合理的法律全部廢除。我到這裡來，是要為父老們除害，不是來壓榨、掠奪百姓的，希望大家可以安居樂業，不再過著恐懼的生活。」

百姓們聽了後歡聲雷動，紛紛帶著豐盛的酒菜來慰勞劉邦的軍隊。但是劉邦卻不接受，說：「漢軍不缺糧食，請大家不要再花錢招待我們。」劉邦約法三章，得到了百姓的信任與擁護，為日後建立漢朝奠定了良好基礎。典源：《史記》

學習藏寶箱

1 約法三章

解釋　指事前已經約定好的事或訂立出的規定，讓大家共同遵守。

造句　開學第一天，導師就和同學們約法三章，訂立了大家要共同遵守的班規。

2 明鏡高懸

解釋　比喻官吏執法嚴明，公正無私。

造句　大法官明鏡高懸，洗刷了他的冤屈，也還給被害人公道。

3 雷厲風行

解釋　像打雷般猛烈，如颳風般迅速。比喻執行政策、法令或命令果敢決斷，嚴格迅速。

造句　為了保護民眾安全，警方雷厲風行的取締酒駕。

4 天網恢恢

解釋　上天的法網雖然寬大，但絕不會

放縱作惡的壞人。比喻犯罪者終究會受到法律制裁。

造句 天網恢恢，他即使躲得了一時，也終難逃過法律的制裁。

5 執法如山（ㄓˊ ㄈㄚˇ ㄖㄨˊ ㄕㄢ）

解釋 執行法律的立場堅定，就像山一樣絕不動搖。

造句 王警官鐵面無私，執法如山，是警界的表率。

6 朝令夕改（ㄓㄠ ㄌㄧㄥˋ ㄒㄧˋ ㄍㄞˇ）

解釋 早上下達的命令，傍晚就改變。比喻政令或主張快速改變。

造句 公共政策要經過審慎評估再執行，朝令夕改的話，一定會引發批評與爭議。

7 漏網之魚（ㄌㄡˋ ㄨㄤˇ ㄓ ㄩˊ）

解釋 從網眼中鑽出來的魚。比喻僥倖逃過法律制裁的人。

造句 警方誓言要將這個販毒集團一網打盡，絕不能有漏網之魚。

人才的成語

三顧茅廬

人才類成語收錄和人才有關的成語，三國時代劉備三顧茅廬，三次拜訪諸葛亮，是精采的歷史故事，也是求取人才的典範。

故事時光機

東漢末年，天下大亂，曹操和孫權各據一方，勢力最大，都想稱霸天下。

另一位領袖劉備雖然胸懷大志，實力卻不足和曹操、孫權對抗，因此劉備積極求訪好人才，先和關羽、張飛三人在桃園裡結義為兄弟。得到了關羽和張飛兩位英勇大將的協助之後，希望再得到一個機智又有謀略的軍師，這時大臣徐庶向他推薦隱居在隆中臥龍崗的諸葛亮。

劉備聽說了之後，立刻前去拜訪人稱「臥龍先生」的諸葛亮。他來到諸葛亮住的草廬前，親自叩門，一個僕童出來應門，說：「先生不在家，一早就出門去了。不知道去什麼地方了，也不知道什麼時候會回來。」劉備聽了後心中惆悵不已，無奈的離去。

後來劉備派人打聽諸葛亮的消息，回報說他已經回家了，劉備便再次前去拜訪。這時正值寒冬，天寒地凍，劉備冒著大風雪來到臥龍崗，沒想到，才剛返家的諸葛亮又外出了。劉備第二次拜訪，還是沒有見到諸葛亮。

冬天過去，春天來臨，劉備第三次去臥龍崗拜訪諸葛亮。這次諸葛亮雖然在家，卻正在睡午覺。劉備沒有吵醒他，恭敬的站在屋外等候諸葛亮醒來，終於見到了諸葛亮。

在談話過程中，諸葛亮向劉備分析了天下當前的形勢，提供了許多策略，劉備對諸葛亮的才智謀略非常佩服，懇請諸葛

亮來協助自己。諸葛亮被劉備三顧茅廬的誠意打動，終於願意離開隆中，出來輔佐劉備。

劉備得到足智多謀的諸葛亮相助後，終於突破重重難關，建立了蜀漢，能和吳國的孫權、魏國的曹操相抗衡，形成了日後三國鼎立的局面。典源：《三國志》

學習藏寶箱

1 三顧茅廬

解釋 劉備拜訪諸葛亮三次，終於見到他。比喻真心誠意的拜訪、邀請賢才。

造句 陳博士是策略專家，許多企業的老闆都三顧茅廬，向他請教經營管理的方法。

2 求賢若渴

解釋 訪求賢才，有如口渴急於飲水一般。形容求才的心情非常迫切。

造句 王院長求賢若渴，對優秀人才禮遇有加。

3 楚材晉用

解釋 楚國的人才為晉國所用。比喻人才外流到別處。

造句 這間公司的研發人員近來被對手公司大量挖角，楚材晉用的問題很嚴重。

4 滄海遺珠

解釋 被採珠人遺漏在大海中的珍珠。比喻被埋沒的人才或是被忽視的珍貴事物。

造句 好人才這麼多，錄取名額卻有限，難免會有滄海遺珠。

5 毛遂自薦

解釋 戰國時代，平原君門下的食客毛遂自願跟隨前往楚國遊說，立下大功。比喻自告奮勇的擔任重要的任務。

造句 喜歡動物的小新毛遂自薦，主動擔任動物保護社社長的工作。

6 大材小用

解釋 把大材料用在小地方。比喻才能的浪費或人事安排不當。

造句 以他出色的學、經歷，做這個工作有點大材小用。

7 國士無雙

解釋 比喻全國獨一無二，最卓越傑出的人才。

造句 他洞悉政經情勢，帶領國家走過金融風暴，國士無雙當之無愧。

名聲的成語

洛陽紙貴

名聲類成語以選錄和名譽聲望有關的成語為主。古時候名聲的流傳倚靠的是人們的彼此討論告知，口耳相傳的方式。

故事時光機

左思是西晉時的文學家，他個性木訥，口才也不好，平日專注於文學創作，很少與朋友交際往來，所以一直沒沒無聞，沒有什麼人認識他。

左思創作的態度非常嚴謹，一篇文章可以用一年的時間構思內容、琢磨字句，所以作品非常出色。有一次，左思想要以三國時代魏國都城鄴城、蜀國都城成都、吳國都城南京為背景，創作一篇〈三都賦〉。

當時名聲響亮的大文學家陸機也想寫〈三都賦〉，他譏諷左思說：「憑這小子也想寫〈三都賦〉，太自不量力了，完成後剛好讓我蓋酒罈子！」認為左思即使寫出來，也不值得一看。

左思為了寫〈三都賦〉，親自去這三個城市瀏覽、採訪，了解當地的風俗民情、古蹟建築的由來。他在家中到處擺放紙和筆，連籬笆上和廁所裡都有，一有靈感，立刻動筆寫下來，然後再反覆推敲、琢磨文句，直到滿意為止。前後花了十年的時間，終於完成了〈三都賦〉。

然而當時的人們認為左思只是一個無名小卒，不想閱讀他的作品。得不到知音的賞識，左思並不氣餒，他認為自己的作品並不比其他文學家的作品差，只是大家不認識他，不願意去讀而已，他相信好的作品不會永遠被埋沒。

果然，大文學家張華讀了〈三都賦〉後，讚美說：「左思這篇〈三都賦〉，太優秀了！如果只看重作家的名氣，卻不重

視文章的內涵，就會錯過了這篇佳作。」

經過張華的推薦，當時的名人開始注意〈三都賦〉，大家看過後都給了很高的評價，紛紛為文章作序。連當初瞧不起左思的陸機看過後，也佩服的說：「這是一篇我無法超越的佳作。我決定不寫〈三都賦〉了。」

得到了名人們的肯定與推薦後，左思聲名大噪，〈三都賦〉也廣為人知，風靡了整個洛陽城。當時詩歌和文章都是用手抄寫在紙上流傳，洛陽城中的文人搶著傳抄〈三都賦〉，紙張供不應求，到處缺貨，以致價格一下翻漲了好幾倍。典源：《晉書》

學習藏寶箱

1 洛陽紙貴

解釋　比喻著作風行一時，流傳甚廣，受到廣泛的歡迎。

造句　這部電影大賣座之後，原著小說一下洛陽紙貴，賣到缺貨。

2 家喻戶曉

解釋　家家戶戶都知曉。形容事情、名聲傳播極廣。

造句　齊天大聖孫悟空，是家喻戶曉的神話人物。

3 膾炙人口

解釋　膾，細切肉；炙，烤肉，原指美味的食物人人愛吃，後用以形容受人讚賞的詩文，或流行一時的事物。

造句　這首情歌經由他美好的嗓音詮釋後，成為年度最膾炙人口的流行金曲。

4 口碑載道

解釋 大家頌揚的話，就像鐫刻在記功碑上一樣。比喻到處流傳，廣受稱讚與好評。

造句 他熱心公益，樂於助人，善心善行在鄉里間口碑載道。

5 名不虛傳

解釋 稱讚人或物流傳的名聲和實際的情況相符合，不是虛假。

造句 他料理出道道美食，好手藝讓顧客回味無窮，名廚的封號名不虛傳。

6 聞名遐邇

解釋 形容名氣很大，遠處、近處的人都知道。

造句 這家百年老店的古早餅料多味美，聞名遐邇，是觀光客必買的伴手禮。

7 聲名狼藉

解釋 名聲就像狼身上又髒又亂的草一樣。比喻惡行為人所知，名聲壞到極點。

造句 他前科累累，無惡不作，是一個聲名狼藉的犯罪份子。

情勢的成語

四面楚歌

情勢類成語主要以危急狀態為主，而情況也會有變化或轉機，可能剎那間從光明變黑暗，也可能越來越糟。

故事時光機

秦朝滅亡之後，西楚霸王項羽和漢王劉邦爭奪天下，進入了楚漢相爭的時代。

剛開始，劉邦的兵力比不上項羽，但是項羽雖然帶兵打仗

所向無敵，個性卻自大蠻橫，不接受臣子們的批評與建議，所以身邊的傑出人才紛紛離他而去。

而重視人才的劉邦卻得到張良、蕭何、韓信等人的協助，又受到百姓的愛戴，聲勢一天天壯大，勝過了項羽。雙方爭戰多年後，劉邦的漢軍把項羽的楚軍重重圍困在垓下。這時楚軍死傷慘重，糧食也快沒了，卻仍然抵抗到最後，不肯投降。

到了夜裡，劉邦下令漢軍演唱楚國的歌曲，楚營士兵聽到故鄉的歌謠後，思念起家鄉的親人，不由得意志消沉。

項羽聽到漢營中傳出了楚國歌謠，吃驚的說：「難道漢軍已經占領楚地了嗎？不然漢軍中怎麼有這麼多楚國人？」項羽滿心憂愁，睡不著覺，在營帳中飲酒。想到了自己最寵愛的妃子虞姬和多年來載著他征戰沙場的戰馬烏騅。感慨萬分的吟唱著：

力拔山兮氣蓋世，時不利兮騅不逝。

騅不逝兮可奈何，虞兮虞兮奈若何。

項羽感嘆自己力量大得可以扛起大山，英雄氣概舉世無雙。可是現在卻被重重包圍住，不能騎著駿馬往前闖，也無法保護心愛的虞姬，該怎麼辦呢？身邊的人聽了之後，都低頭流淚，傷心得無法再抬起頭來看項羽。

最後項羽決定冒險逃出垓下，他騎上駿馬，在八百名楚國精兵的護衛下，趁著黑夜殺破漢軍的包圍。當他逃到烏江邊時，一路保衛他的精兵只剩下二十多名了。

這時烏江亭長已經準備好了船，他對項羽說：「大王，烏江上只有我這艘船，漢軍追到了也無法渡江。您趕快上船，我送您回江東吧！您的故鄉江東雖然小，但還是有幾十萬的百姓，家鄉裡的人都支持您，您回去後還是可以稱王，再成就一番大事業。」

項羽聽完，想起了家鄉愛護他的親友長輩們，說：「當年我帶領著江東子弟渡江打天下。現在戰敗了，家鄉的子弟兵沒有一個人活著回到家鄉，即使家鄉的長輩們憐惜我，不責備我，願意再支持我，我也沒有臉再面對他們了。」項羽覺得對不起江東父老，不肯上船，在烏江邊自盡身亡了。典源：《史記》

學習藏寶箱

1 四面楚歌

解釋　四面都是楚國的歌謠聲。比喻四面受敵，情勢危急卻孤立無援。

造句　在大批警力層層包圍之下，搶匪四面楚歌，很快便棄械投降了。

2 千鈞一髮

解釋　用一根頭髮吊著千斤重的東西。比喻情勢非常危險緊迫。

造句　英勇的消防員在千鈞一髮之際，搶救出受困在火場中的人。

3 危如累卵

解釋　堆疊起來的蛋，隨時可能跌破。形容極為危險的局面情勢。

造句　這家公司經營不善，財務狀況危如累卵，隨時可能倒閉。

4 騎虎難下

解釋　騎在老虎的背上，害怕被咬而不敢下來。比喻事情迫於情勢，無法中止，只好繼續做下去。

造句　他吹噓自己什麼都會，樣樣精通，最後騎虎難下，遇到問題也只能硬著頭皮做下去。

5 每下愈況 ㄇㄟˇ ㄒㄧㄚˋ ㄩˋ ㄎㄨㄤˋ

解釋　比喻情況越來越糟。

造句　生了一場重病後，奶奶的健康情形每下愈況，讓我們很擔心。

6 倒吃甘蔗 ㄉㄠˋ ㄔ ㄍㄢ ㄓㄜˋ

解釋　甘蔗越接近根部甜度越高，越吃越甜，形容興味逐漸濃厚，或是情況越來越好的意思。

造句　這家老店在他改造之下，生意如倒吃甘蔗，越來越好。

7 柳暗花明 ㄌㄧㄡˇ ㄢˋ ㄏㄨㄚ ㄇㄧㄥˊ

解釋　比喻歷經曲折艱辛後，眼看情勢已無好轉的可能，忽然又出現新轉機。

造句　他失業很久，生活都快撐不下去了，沒想到柳暗花明，突然得到了一個出乎意料的好工作。

勝敗的成語

勢如破竹

勝敗成語的來源，常與戰爭有關。古時候戰爭不只決定個人的命運，甚至決定了國家的命運，一旦戰敗，就非常慘烈。

故事時光機

杜預是晉朝著名的學者，也是一位傑出的軍事家，他文武雙全，足智多謀，有「杜武庫」的美稱。

有一年，晉武帝任命杜預為鎮南大將軍，率兵攻打占據南

方的吳國。晉軍在杜預的領導下，氣勢如虹，短短數日便攻下了吳國許多城池，大軍進逼到吳國的首都。杜預請示晉武帝，希望能一鼓作氣滅亡吳國。

晉武帝召開了一場軍事會議，請其他的將領們提供意見與看法。結果將領們紛紛表示反對，大家認為吳國在長江流域建國已經有百年的歷史，國家基業非常穩固，不可以低估他們的實力。

加上正逢夏季，連綿不絕的大雨造成長江河水暴漲，到處都有河川氾濫，疾病流行，實在不是派大軍長遠出征的好時機，還是先撤兵，讓士兵休息一下，再加強操練，等到冬天時再大舉進攻，會更有勝算。

晉武帝本來想撤兵，但杜預知道後，不同意這些將領的主張，他認為，春秋時代，大將軍樂毅曾率領燕軍攻打齊國，濟水一戰勝利後，燕軍氣勢大振，接連攻下了齊國七十幾座城池。

現在晉軍一連打了好幾場勝仗，吳國各州郡無不聞風喪膽，不敢與晉軍對抗，直接打開城門投降。士兵們士氣高昂，趁著這股氣勢進攻吳國，就跟劈開竹子一樣，只要劈開幾節，其他的部分不必花費太多的力氣，遇到刀鋒就會順勢切開了。

現在就是滅亡吳國最好的時機，不需要等到冬天。

晉武帝考量雙方意見之後，贊同杜預，下令繼續攻打吳國。果然晉軍所到之處節節勝利，還不到冬天，就攻克了吳國的首都建業，消滅吳國，統一了天下。

典源：《晉書》

學習藏寶箱

1 勢如破竹

解釋　形勢如同劈竹子一般，只要劈開上端，底下自然就會隨著刀勢分開。比喻作戰、工作或比賽順利進行，沒有阻礙。

造句　這場棒球比賽，我國的代表隊一上場就勢如破竹，連續擊出全壘打，取得致勝先機。

2 旗開得勝

解釋　戰旗一張開就得勝。也比喻事情才一開始就獲得成功。

造句　這場世界盃足球賽，西班牙旗開得勝，很快就踢進一球得分。

3 所向披靡

解釋　風吹到的地方，草木立即隨風而傾倒。比喻氣勢強盛，力量所到之處，什麼都抵擋不住，紛紛潰敗逃散。

造句　他精湛的舞技所向披靡，一上臺

就打敗了所有的參賽者，贏得總冠軍。

4 望塵莫及

解釋 只能遠望前面車馬揚起的塵土，而無法趕上。比喻遠遠落在他人之後，追趕不上。

造句 這家公司的產品大受歡迎，市場占有率讓同業望塵莫及。

5 不堪一擊

解釋 形容極為脆弱，禁不起一點的攻擊或打擊。

造句 他性格纖細脆弱，遇到挫折便不堪一擊，完全沒有應變的能力。

6 一敗塗地

解釋 比喻事情澈底失敗，到了無法挽救的地步。

造句 在準備不足又輕敵的情況下，比賽結果一敗塗地。

7 全軍覆沒

解釋 軍隊全部被消滅。比喻完全喪失或澈底失敗。

造句 這次的世運會，學校的代表隊全軍覆沒，沒有選手晉級決賽。

謠言的成語

曾參殺人

謠言會動搖人心，不實的謠言常帶來了冤枉的災禍，甚至連母親對子女的愛都能動搖，所以說話不可不慎重。

故事時光機

春秋時代，魯國人曾參學問出眾，品德高尚，以孝順父母聞名天下，是孔子的得意門生，後世尊稱他為「曾子」或「宗聖」。

曾參住在費地時，有一次，一個和曾參同名同姓的人殺了人。有人聽到了這個消息，沒有經過查證，就匆忙的跑到了曾參家。

曾參的母親在家中織布，這個人慌張的衝進來對她說：「不好啦！不好啦！你的兒子曾參殺人啦！」

曾母堅定的說：「我的兒子不可能殺人。」她相信自己的兒子絕對不會做出傷天害理，違反法律的事情，心平氣和的繼續織布。

過一會兒後，又有一個人匆忙跑進她家，對她說：「老太太，不好了！你的兒子曾參殺人了！」

曾母相信自己的兒子，還是一樣堅定的說：「我的兒子不可能殺人。」低著頭專心繼續織布。

很快的，又有第三個人氣喘吁吁的跑到他們家，說：「哎呀！不好了！你的兒子曾參殺人啦！」

曾母聽到第三個人說曾參殺人時，開始懷疑兒子，心慌意亂：「我的兒子真的殺人了嗎？怎麼會發生這種事呢？」擔心到再也無法靜下心繼續織布了。

後來，經過確認之後，曾母才知道殺人的並不是自己的兒子曾參。人們聽說這件事後，不禁感嘆，不實的謠言經過反覆的傳播後，便會讓人信以為真，連母親的心都會動搖，懷疑自己的孩子呀！典源：《戰國策》

學習藏寶箱

1 曾參殺人

解釋　比喻不實謠言的可怕或故意陷害、冤枉的災禍。

造句　新聞媒體的報導一定要經過查證，以免不實的消息如曾參殺人，冤枉了無辜的人。

2 三人成虎

解釋　連續三人說街上出現老虎，最後讓人相信是真的。比喻謠言再三傳播，讓人信以為真。

造句　新聞報導要有真憑實據，確認消息來源，以免三人成虎，誤導了民眾。

3 空穴來風

解釋　形容沒有根據，憑空捏造的不實傳言。

造句　許多網路上流傳的消息，都是空穴來風，沒有經過證實前，不要隨意傳播。

4 流言蜚語

解釋 製造不實的傳言，用來詆毀他人，後來也泛指謠言。

造句 這些關於影視明星的報導，很多都是流言蜚語，可信度不高。

5 以訛傳訛

解釋 形容將不實的謠言或不正確的訊息繼續傳播下去。

造句 這棟老房子沒有發生過任何靈異事件，卻被說成是鬼屋，完全是以訛傳訛。

6 人言可畏

解釋 不實的傳聞或中傷的流言，令人害怕。

造句 人言可畏，這位女明星一直謹言慎行，以免傳出不好的緋聞。

7 眾口鑠金

解釋 眾人的話能使金屬鎔化。形容大家同聲批評時，常常會把對的也變成錯的。

造句 他自認清白廉明，但在眾口鑠金之下，也只能辭去職務，黯然下臺了。

真相的成語

東窗事發

真相類的成語常與計畫失敗或陰謀被揭穿有關，當然也會有事情撲朔迷離，真相始終難以明瞭的情況。

故事時光機

南宋的時候，兵力強大的金國人一直想要找機會消滅宋朝，大將軍岳飛盡忠報國，率領宋軍抵抗金人的侵略，保衛國家與百姓的安全。

金人一連打了很多場敗仗之後，十分畏懼驍勇善戰的岳飛。於是送了很多金銀財寶賄賂宋朝的大臣秦檜，要他想辦法除掉岳飛。

當時的皇帝懦弱無能，聽信了秦檜的話，竟然不顧百姓的安危，希望能和金人停戰談和，一日之內連下了十二道金牌，命令岳飛立刻班師回朝，不要再和金人作戰了。

岳飛一回到京城，立刻被關入大牢。秦檜想要殺掉岳飛，卻找不到一個合理的罪名，他坐在家中朝東的窗邊，苦惱不已時，秦檜的妻子王氏說：「既然已經捉住岳飛，就別再把他放走，一定要殺了他！否則對我們不利呀！」

秦檜聽了後，便以「莫須有」這個沒有真憑實據的罪名，把岳飛和他的兒子岳雲一起處死了。

秦檜殺害岳飛後，百姓們怨恨秦檜，便把麵粉拉長黏在一起，一根代表秦檜，一根代表王氏，放入油鍋裡炸，稱作「油炸秦檜」，也就是今天的「油條」。

由於百姓對秦檜夫婦的怨恨太深，秦檜變得疑神疑鬼，有一次他坐船遊覽西湖時，竟然以為看到了岳飛的鬼魂，受到驚嚇，不久後便過世了。

秦檜過世後，王氏請來道士超渡他的亡魂，並要道士到陰間看看秦檜過得好不好？道士到陰間後，看到秦檜被套上手銬腳鐐，受到各種酷刑的折磨，並對他說：「請你回去後告訴夫人，我們之前在東窗下商議謀害岳飛的陰謀，已經被揭穿，難以脫罪了！」

王氏聽了道士的話後心神不寧，非常恐懼，不久之後也過世了！典源：《錢塘遺事》

學習藏寶箱

1 東窗事發（ㄉㄨㄥ ㄔㄨㄤ ㄕˋ ㄈㄚ）

解釋 比喻陰謀或壞事被發覺揭露了。

造句 這個官員長期利用職務之便，收受賄賂，現在東窗事發，已經被逮捕了。

2 圖窮匕見（ㄊㄨˊ ㄑㄩㄥˊ ㄅㄧˇ ㄒㄧㄢˋ）

解釋 比喻事情發展到最後，形跡敗露，現出真相。

造句 為了達到目的，他一再說謊，最後還是圖窮匕見，被大家識破。

3 水落石出（ㄕㄨㄟˇ ㄌㄨㄛˋ ㄕˊ ㄔㄨ）

解釋 水退下去，石頭就顯露出來。比喻事情經過澄清之後，終於顯露出了真相。

造句 經過記者鍥而不捨的追查，這個案件的真相終於水落石出。

4 露出馬腳（ㄌㄡˋ ㄔㄨ ㄇㄚˇ ㄐㄧㄠˇ）

解釋 形容無意間讓隱蔽的真相洩露了

出來，或讓人看出破綻。

造句 他謊報學歷和經歷，但很快就露出馬腳，被人揭穿了。

5 昭然若揭（ㄓㄠ ㄖㄢˊ ㄖㄨㄛˋ ㄐㄧㄝ）

解釋 如同高舉著日月般明白清楚，形容事情的真相清楚呈現。

造句 他加入社團就是企圖接近心儀的人，用心昭然若揭。

6 撲朔迷離（ㄆㄨ ㄕㄨㄛˋ ㄇㄧˊ ㄌㄧˊ）

解釋 兔子奔跑時很難分辨雌雄。形容事物錯綜複雜，真相難以明瞭。

造句 這本推理小說情節撲朔迷離，要看到最後才能知道真相。

7 盲人摸象（ㄇㄤˊ ㄖㄣˊ ㄇㄛ ㄒㄧㄤˋ）

解釋 盲人以各自摸到大象身體的不同部位來形容大象。比喻對事物沒有全面的了解。

造句 浩瀚的宇宙，太多奧祕超過人類知識的範圍，即使是天文學家，有時也如盲人摸象，只能靠想像來推測。

稱呼的成語

梁上君子

稱呼的成語背後都有典故由來，不可以隨便誤用，但如果正確使用在文章裡，就能夠大大的加分！

故事時光機

東漢時，有一個官員名叫陳寔，他個性穩重，處事公平公正，鄉民之間發生爭執時，都會請他評理。

陳寔會認真傾聽兩方的意見，再加以開導，說明事情的是

非對錯，大家信任陳寔的裁斷和意見，都說：「寧可遭受刑罰，也不願意被陳寔批評是自己不對。」

有一年，農作物收成不好，百姓生活陷入困境，偷盜搶騙的事情層出不窮。一天夜裡，一個小偷潛進陳寔家，想要偷東西。他發現陳寔還沒有入睡，趕緊躲到了屋梁上。

陳寔發現了小偷，但他沒有大呼小叫的喊捉賊，而是把家人們都叫了起來，語重心長的對子孫們說：「一個人要時時刻刻勉勵自己，一時犯了錯，本性未必是壞的，但不好的習慣一旦養成，就會一直作惡下去，就像屋梁上的那位君子。」

小偷聽了陳寔的話很吃驚，趕快從屋梁上爬下來，滿臉羞慚的向陳寔認錯。陳寔溫和的對小偷說：「我看你不像壞人，會當小偷想必是因為太貧窮，生活過不下去的緣故。我準備一些財物送給你應急，從此之後，你一定要克制不好的行為，改過向善。」

陳寔給了小偷兩匹絹布，送小偷離開。這件事傳出去後，鄉里間的人各個知廉恥，不再出現偷盜的人。典源：《後漢書》

學習藏寶箱

1 梁上君子

解釋 原指躲在屋梁上的小偷。現指竊賊。

造句 年關將近，家家戶戶要注意居家安全，小心門戶，不要讓梁上君子有機可乘。

2 月下老人

解釋 主管男女婚姻大事的神明。現指婚姻介紹人、媒人。

造句 王媽媽常當月下老人，為晚輩們牽紅線，締結了許多好姻緣。

3 東道主人

解釋 指接待或宴請賓客的主人。

造句 今天的聚餐，就由我當東道主人招待大家。

4 青梅竹馬

解釋 指小時候就認識，一起結伴嬉戲的同伴。

造句 他們兩人是青梅竹馬，從小一起玩到大，感情自然深厚。

5 中流砥柱

解釋 如砥柱般屹立在湍急的水流中。比喻獨立不撓，能擔當重任支撐大局的人。

造句 他是棒球隊裡的中流砥柱，受到隊友的尊敬與信任。

6 始作俑者

解釋 最初製作人俑來殉葬的人。比喻最先開始做壞事或首開惡例的人。

造句 他就是在網路上散播這些不實謠言的始作俑者，真是太惡劣了。

7 害群之馬

解釋 危害馬群的劣馬。比喻危害到整個團體的人。

造句 因為一個害群之馬的違法行為，賠掉了整個企業的聲譽。

關係的成語

脣亡齒寒

當兩人關係對等且密切時，快樂與患難也要一起承受。而有些關係建立是連帶性的，有些是依附性的，性質還是有所不同。

故事時光機

春秋時候，虞國和虢國邊界相連。有一次，晉獻公想要攻打虢國，最便捷的方法就是不要走遠路繞過虞國，向虞國借路通過，直接進攻虢國。

但是虞國和虢國的關係向來密切友好，虞國可能不會同意借路給晉國。晉獻公和臣子們商量要如何說服虞國借路，晉國大臣荀息建議：「大王，我聽說虞國國君是一個短視近利，十分貪財的人。如果送他名貴的寶馬和金銀財寶，再請求他借路，他一定會答應的。」

獻公聽從了荀息的建議，送上寶馬和財物，虞國國君果然開心的收下禮物，答應了晉國借路的要求。

虞國有一位深謀遠慮，眼光遠大的臣子，名叫宮之奇。他聽到這件事後，立刻趕到宮中勸諫國君：「大王，虞國和虢國關係密切，就像嘴脣和牙齒般密不可分。沒有嘴脣的話，牙齒就會感到寒冷。假如虢國滅亡了，虞國也危險了。所以不但不能借路給晉國，反而應該和虢國一起對抗強大的晉國呀！請大王三思。」

但是虞君財迷心竅，聽不進宮之奇的勸阻，一意孤行堅持借路給晉國。晉國軍隊不需要長途跋涉，直接從虞國經過，很順利的滅亡了虢國。大軍在返回晉國的途中，經過虞國時，又出其不意的對虞國發動了攻擊。虞國難以抵擋晉國大軍的攻勢，繼虢國之後，也跟著滅亡了。

典源：《左傳》

學習藏寶箱

1 脣亡齒寒（ㄔㄨㄣˊ ㄨㄤˊ ㄔˇ ㄏㄢˊ）

解釋　沒有了嘴脣，牙齒就會感到寒冷。比喻雙方關係密切，利害相連，失去一方，另一方也會受到傷害。

造句　這家公司是由他們兄弟兩人共同經營的，脣亡齒寒，一個人破產的話，另一個人的財務也會出現危機。

2 水乳交融（ㄕㄨㄟˇ ㄖㄨˇ ㄐㄧㄠ ㄖㄨㄥˊ）

解釋　水與乳融合在一起。比喻彼此關係密切，親密無間。

造句　他們兩人意氣相投，感情要好，如水乳交融般密不可分。

3 休戚與共（ㄒㄧㄡ ㄑㄧ ㄩˇ ㄍㄨㄥˋ）

解釋　形容兩人同歡樂也共患難。

造句　他們合夥經營這家小店，一路休戚與共，終於有了今天的成就。

4 形影不離

解釋 像形體和影子一樣，不管何時何地都在一起。形容關係親密。

造句 這對雙胞胎從小形影不離，一個走到哪，另一個就跟到哪。

5 愛屋及烏

解釋 愛一個人，連帶也愛護停留在他屋頂上的烏鴉。比喻愛一個人，連帶關愛與他相關的人或事物。

造句 對於孩子的好朋友們，林媽媽愛屋及烏，一樣關懷照顧。

6 寄人籬下

解釋 寄居在他人屋裡生活。比喻依附他人生活，不能自立。

造句 他曾經經歷過一段寄人籬下的生活，所以特別渴望能早日獨立，有自己的家。

7 分道揚鑣

解釋 車馬分道而行，各走各的路。比喻人依自己的志向，各自發展。

造句 因為理念不合，這個團隊決定拆夥，大家分道揚鑣為各自的理想努力。

人情的成語

門可羅雀

人際往來的世態常情，有冷有暖，更顯得真正的朋友，真誠友誼的可貴。而在他人艱困危急之時，能給予援助，更是最美的人情。

故事時光機

漢文帝時，翟公在朝廷中擔任廷尉，掌管國家軍事大權，身分和地位非常崇高。許多人爭相巴結他，熱絡的和他往來。翟公家中賓客絡繹不絕，把大門擠得水洩不通。有時晚到的訪

客，還進不去屋子裡。

後來，翟公失去了官職，不再有權有勢。這段期間，沒有人再上門拜訪求見，過去那些稱兄道弟的朋友們也消失無蹤，不再前來問候了。

守門的人整天無所事事，過去每天訪客多到光是跑進跑出的通報，就很疲累，門前的馬車更是多到沒有地方停，現在大門外空空蕩蕩，一個人都沒有，安靜冷清到可以張開大網子來捉鳥雀了。

後來翟公再度受到重用，擔任高官，又有了權勢，這時候，過去那些朋友們又殷勤的上門拜訪。

朋友們不同的態度，讓翟公看透了人情冷暖，說：「不經過生死的難關，看不出兩個人交情的真假。一個人從貧窮變得富貴，不會巴結他的朋友；從富貴變得貧窮，不會瞧不起他的朋友，才是真正的朋友，真誠的友誼啊！」

於是翟公在大門上貼了一張紙條，認為過去在他失意的時候，不聞不問的人，並不是真心相待的朋友。之後便關起大門，不再接見這些訪客了。典源：《史記》

學習時光機

❶ 門可羅雀

解釋 門前冷清，空曠得可張網捕雀。形容人失去權勢後，訪客稀少的景況；現在多用來形容商店裡客人非常少，生意清淡的樣子。

造句 颱風吹毀了對外的道路，這個昔日人潮擁擠的觀光勝地，現在門可羅雀，空空蕩蕩。

❷ 世態炎涼

解釋 比喻世俗情態反覆無常，總在別人得勢時親近奉承，失勢時冷淡對待。

造句 生意失敗後，朋友們避不見面，讓他飽嘗人情冷暖，感嘆世態炎涼。

❸ 禮尚往來

解釋 禮節上注重有來有往，別人以禮相待時，也要以禮回報。形容別人怎麼對待你，你也怎麼對待別人。

造句　中秋節時，鄰居送來一盒月餅，我們也禮尚往來，回送一箱柚子。

4 投桃報李

解釋　你送我桃子，我回贈以李子。比喻朋友間友好往來或相互贈答。

造句　好朋友間互相幫助，投桃報李，友情自然密切長久。

5 雪中送炭

解釋　在寒冷的雪中送炭讓人取暖。比喻在艱困危急之時，給人援助。

造句　大地震之後，一群義工們即時雪中送炭，到災區幫助災民。

6 慷慨解囊

解釋　形容大方而毫不吝嗇的給予他人經濟上的援助。

造句　看到這篇報導之後，許多民眾慷慨解囊，幫助這個貧窮的家庭度過難關。

7 借花獻佛

解釋　借用別人的花供養佛。比喻借用他人的東西來為自己作人情。

造句　哥哥抽獎抽中了一瓶香水，馬上借花獻佛，轉送給媽媽。

貧困的成語

身無長物

形容貧困的狀態常來自食衣住方面的短缺，如家中只剩下四面的牆壁，鍋子碗盤都是空的，直接呈現出了生活貧困的情境。

故事時光機

東晉的時候，大將軍王恭官位高，有權有勢，卻生性節儉，以清廉正直聞名。

有一次王恭從會稽回到都城建康，他的朋友王忱去拜訪他時，看見王恭坐在一張六尺長的竹席上。他對王恭說：「你這張竹席，是這次去會稽時帶回來的吧？看起來雅緻又清涼，真是不錯啊！竹席是會稽的名產，你應該帶回了不少張好竹席，就送我一張，讓我帶回家吧！」

王恭聽了後，沒有回答，也沒有答應。王忱認為王恭很小氣，一張席子也捨不得送給他，心裡很不高興，很快就告辭離去了。

王忱回去後，王恭將自己坐的那張竹席收了起來，捲好後派人送去給王忱。原來王恭家中就只有一張竹席，並不像王忱以為的有很多張。

王恭將自己坐的那張竹席送給王忱後，從此之後便無竹席可用，只能坐在草墊上。王忱後來聽說這件事，非常驚訝。他又去拜訪王恭，對王恭說：「不好意思。我以為您家裡一定有很多張竹席，才想跟您要一張，不知道這就是唯一的一張。」

王恭不以為意，對王忱說：「別在意。您還不夠了解我，我這個人身邊從來沒有多餘的東西！」

這件事傳開後，人們更佩服「身無長物」的王恭了。典源：《世說新語》

學習藏寶箱

1 身無長物

解釋 沒有多餘的東西。常用來形容生活貧困，沒有值錢的東西。

造句 經過二十年的努力奮鬥，他從一個身無長物的窮小子，變成了跨國企業的總裁。

2 兩袖清風

(1)

解釋 形容生活清貧，沒有積蓄。

造句 叔叔工作了許多年，總說自己還是兩袖清風，沒有存款。

(2)

解釋 比喻官吏清廉，或是瀟灑飄逸、超脫凡俗的模樣。

造句 他擔任地方首長多年，始終兩袖清風，清廉的操守受人尊敬。

3 一貧如洗

解釋 像被大水沖洗過，什麼都沒有。形容非常貧苦窮困，一無所有。

造句 他沉溺賭博之中，輸光了所有家

產，現在一貧如洗。

4 家徒四壁（ㄐㄧㄚ ㄊㄨˊ ㄙˋ ㄅㄧˋ）

解釋 家中只剩下四周的牆壁。形容家境貧寒，什麼都沒有。

造句 他們雖然家徒四壁，生活艱苦，但家人感情卻非常親密。

5 阮囊羞澀（ㄖㄨㄢˇ ㄋㄤˊ ㄒㄧㄡ ㄙㄜˋ）

解釋 晉朝人阮孚因囊袋沒錢而難為情。比喻財物匱乏，經濟困難。

造句 他不懂得理財，賺多少花多少，總是阮囊羞澀，口袋空空。

6 捉襟見肘（ㄓㄨㄛ ㄐㄧㄣ ㄐㄧㄢˋ ㄓㄡˇ）

解釋 衣衫破敗，才抓住衣襟遮胸，手肘又露了出來。形容衣著殘破，生活窮困；或比喻短缺不足，陷入難以應付的窘態。

造句 一直找不到工作，他的生活捉襟見肘，連三餐溫飽都有問題了。

7 簞瓢屢空（ㄉㄢ ㄆㄧㄠˊ ㄌㄩˇ ㄎㄨㄥ）

解釋 形容缺乏食物，生活非常貧窮。

造句 童年時，那段簞瓢屢空的貧苦生活，是他難以磨滅的回憶。

人潮的成語

摩肩接踵

形容人潮的成語，當人潮多到必須肩膀靠著肩，腳跟碰到腳跟，或是密集擁擠到連水都無法流出去，這樣的形容是不是很傳神呢？

故事時光機

晏嬰是春秋時期齊國著名的政治家與外交家。他一生輔佐了靈公、莊公和景公三位國君，擔任了三朝的宰相。

有一次，晏嬰奉命出使南方的楚國，齊國和楚國是當時國

力強盛的兩個大國，楚王聽說齊國使者晏嬰來訪，想趁機羞辱他，好挫挫齊國的銳氣，逞逞楚國的威風。

由於晏嬰身材矮小，所以當他到達楚國時，看守城門的官員故意不開正門，只開了城門旁的一個小門，要晏嬰從小門進去。

晏嬰覺得這不但是看不起他，更侮辱了齊國，絕對不能從小門進去。但他沒有發怒，反而說：「出使狗國的人，才從狗洞中進去。我今天出使的是楚國吧？怎麼要從狗洞中進去呢？」

看守城門的官員聽了，知道不開大門，反而讓楚國遭受汙辱，被取笑是狗國了，只好馬上打開大門請晏嬰進去。

晏嬰拜見楚王時。楚王又拿他矮小的身材做文章，故意問晏嬰：「齊國難道是沒有人了嗎？只能派你來啊！」

晏嬰聽了，同樣不發怒，平靜的回答：「光是齊國的首都臨淄城，就有成千上萬戶人家，人多到大家同時張開衣袖，就能遮蔽住太陽；大家流下的汗水，就像下了一場雨；大街上人來人往，擁擠到人們肩並著肩，腳接著腳，齊國怎麼會沒有人呢？」

楚王不懷好意的問：「那齊王為什麼不選個氣派點的人，

要派你做使者呢？」

晏嬰回答：「大王，這是因為齊國派遣使臣有一定的原則，才能出眾的優秀人才，就派遣他出訪賢明的國君。才能低下的的劣等人才，就派他出訪昏庸的國君。我是齊國最無能的人，只能被派來出使楚國了。」

晏嬰憑機智和口才，維護了齊國的尊嚴。楚王想要羞辱齊國和使者晏嬰，反而自取其辱，從此之後不敢再隨意取笑晏嬰和齊國了。典源：《晏子春秋》

學習藏寶箱

1 摩肩接踵（ㄇㄛˊ ㄐㄧㄢ ㄐㄧㄝ ㄓㄨㄥˇ）

解釋 人與人肩接肩，腳碰腳。形容人多而擁擠不堪的樣子。

造句 跨年倒數的活動即將開始，整個廣場上擠滿了民眾，摩肩接踵，好不熱鬧！

2 熙來攘往（ㄒㄧ ㄌㄞˊ ㄖㄤˇ ㄨㄤˇ）

解釋 形容行人往來眾多，非常熱鬧的樣子。

造句 新年快到了，年貨大街上熙來攘往，都是辦年貨的人潮。

3 絡繹不絕（ㄌㄨㄛˋ ㄧˋ ㄅㄨˋ ㄐㄩㄝˊ）

解釋 前後相連，繼續不斷。形容來往的人或車輛非常頻繁，接連不斷。

造句 這家餐廳口碑非常好，顧客絡繹不絕，每天都有人在排隊候位。

4 水泄不通

解釋 連水都無法流出去。比喻防守極為嚴密或人群密集，擁擠不堪。

造句 跨年演唱會後返家的人潮洶湧，把捷運站擠得水泄不通。

5 門庭若市

解釋 比喻上門的人很多，像市場一樣熱鬧。

造句 他高票當選縣長後，競選總部一下門庭若市，擠滿了前來道賀的人潮。

6 戶限為穿

解釋 人群把門檻都踏穿了。形容來訪或進出的人數眾多。

造句 大賣場正在舉辦清倉特賣，吸引了大批搶購人潮，戶限為穿。

7 萬人空巷

解釋 家家戶戶的人都出來了，街道巷弄裡的人全部走空。形容慶祝、歡迎時熱鬧的盛況。

造句 這場皇室婚禮極為轟動，禮車行經之處，萬人空巷，擠滿了歡呼的民眾。

數量的成語

九牛一毛

數量類的成語分為多和少，常會用對照比喻的方式表現，如九頭牛身上的一根毫毛，在極大的數量中的一個，更顯得輕微渺小。

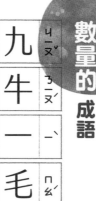

故事時光機

司馬遷是漢朝時傑出的歷史學家與文學家。他的父親司馬談曾擔任太史令，負責記載史事，管理國家的典籍。司馬談一直想寫一部完整記錄歷史的書，可惜這個願望還沒有實現，便

去世了。

司馬談臨死之前，囑咐兒子司馬遷要繼承他的遺志，完成這部史書，司馬遷流著眼淚答應了父親。

司馬遷後來也像父親一樣，當了太史令。成為太史令後，他不只認真記載當代的史事，還走遍大江南北，到全國各地去遊歷，考察先人們的事蹟及傳說，蒐集了許多寶貴的歷史資料，為未來寫作《史記》做準備。

然而，不久後發生了一件大事。由於匈奴一直侵犯漢朝的邊境，漢武帝令李陵將軍領兵對抗匈奴，一開始傳回的都是李

陵將軍戰勝的好消息，可是李陵手下只有五千名士兵，匈奴軍卻上萬名，在兵力遠不及匈奴的情況下，李陵最後寡不敵眾，打了敗仗，投降匈奴。

漢武帝知道後非常憤怒，想殺掉李陵整個家族的人，朝中大臣也紛紛指責李陵貪生怕死，不應該投降。司馬遷此時卻挺身而出，主動為李陵辯護，他認為李陵將軍為人忠誠又正直，投降一定有原因。漢武帝認為司馬遷袒護李陵，想幫他脫罪，把司馬遷關入大牢。

司馬遷惹怒了漢武帝，被判了死刑，但他選擇用殘忍的宮刑代替死刑。對當時的人而言，接受宮刑是比死刑更可怕、更嚴重的恥辱。

司馬遷在死亡或屈辱的活下去中，決定忍辱偷生。因為他心中有著遠大的理想，他想：「活在世界上，每個人都免不了有死亡的一天，但是意義卻不同。有人生命的價值比泰山還重，有人生命的意義比羽毛還輕，完全看他生前成就了什麼大事。我現在一事無成，如果死了，就像是九頭牛身上掉了一根毛，一點意義與影響都沒有，我的生命就和一隻螞蟻一樣渺小。我現在還不能死。」

司馬遷以歷史上許多成就大事的人，都曾經歷重大的挫折與磨難的事蹟來勉勵自己，決定堅強的活下去，完成父親與自己還沒實現的願望，持續的研究歷史，撰寫史書，終於在他五十多歲時，完成了記載了三千多年歷史的《史記》。

《史記》成為了後代編寫史書的典範，影響深遠，司馬遷更在歷史上留下了「史聖」的千古美名。典源：《漢書》

學習藏寶箱

1 九牛一毛

解釋　九頭牛身上的一根毫毛。比喻極大數量中的一小部分，數量輕微渺小，對整體沒有影響。

造句　這筆捐款對這位世界級的富豪而言，不過是九牛一毛，但對貧困的人來說，卻有極大的幫助。

2 車載斗量

解釋　用車裝，拿斗量。形容數量多到數不清。

造句　會畫圖的人車載斗量，但能創造出曠世傑作的人，少之又少。

3 不可勝數

解釋　形容數量非常多，數也數不完。

造句　王先生蒐集了三十多年的模型車，收藏品已多到不可勝數。

4 汗牛充棟

解釋　牛負載運送書籍時，累到出汗；書多到堆滿整幢房屋。形容書籍非常多。

造句 圖書館藏書汗牛充棟，是知識的寶庫。

5 鳳毛麟角

解釋 鳳凰和麒麟都是傳說中罕見的神獸。比喻珍貴稀有的人才或事物。

造句 全世界能解讀這種古文字的人，如鳳毛麟角，難以尋覓。

6 屈指可數

解釋 用手指就可以數清。指數量很少。

造句 這次的考試題目很艱難，得到滿分的人屈指可數。

7 寥若晨星

解釋 清晨遼闊的天空上星星十分稀疏。形容數量稀少。

造句 懂得這項傳統技藝的師傅，現在已寥若晨星了。

8 絕無僅有

解釋 只有這一個，沒有第二個了。形容極為稀少。

造句 他連中三次樂透，是絕無僅有的幸運兒。

〈企劃緣起〉

成長與學習必備的元氣晨讀

文／親子天下執行長　何琦瑜

源於日本的晨讀活動

二十年前，大塚笑子是個日本普通高職的體育老師。在她擔任導師時，看到一群在學習中遇到挫折、失去學習動機的高職生，每天在學校散漫恍神、勉強度日，快畢業時，才發現自己沒有一技之長。出外求職填履歷表，「興趣」和「專長」欄只能一片空白。許多焦慮的高三畢業生回頭向老師求助，大塚笑子鼓勵他們，可以填寫「閱讀」和「運動」兩項興趣。因為有運動習慣的人，讓人覺得開朗、健康、有毅力；有閱讀習慣的人，就代表有終身學習的能力。

但學生們還是很困擾，因為他們根本沒有什麼值得記憶的美好閱讀經驗，深怕面試的老闆細問：那你喜歡讀什麼書啊？大塚老師於是決定，在高職班上推動晨讀。概念和做法都很簡單：每天早上十分鐘，持續一週不間斷，讓學生讀自己喜歡的書。一開始，為了吸引學生，她會找劇團朋友朗讀名家作品，每週一次介紹好的文學作家故事，引領學生逐漸進入閱讀的桃花源。

沒想到不間斷的晨讀發揮了神奇的效果：散漫喧鬧的學生安靜了下來，他們上課比以前更容易專心，考試的成績也大幅提升了。這樣的晨讀運動透過大塚老師的熱情，一傳十、十傳百，最後全日本有兩萬五千所學校全面推行。正式統計發現，近十年來日本中小學生平均閱讀的課外書本數逐年增加，各方一致歸功於大塚老師和「晨讀十分鐘」運動。

臺灣吹起晨讀風

二〇〇七年，天下雜誌出版了《晨讀十分鐘》一書，書中分享了韓國推動晨讀運動的高果效，以及七十八種晨讀推動策略。同一時間，天下雜誌國際閱讀論壇也邀請了大塚老師來臺灣演講、分享經驗，獲得極大的迴響。

受到晨讀運動感染的我，一廂情願的想到兒子的學校帶晨讀。選擇素材的過程中，卻發現適合十分鐘閱讀的文本並不好找。面對年紀愈大的少年讀者，好文本的找尋愈加困難。對於剛開始進入晨讀，沒有長篇閱讀習慣的學生，的確需要一些短篇的散文或故事，讓少年讀者每一天閱讀都有盡興的成就感。而且這些短篇文字絕不能像教科書般無聊，也不能總是停留在淺薄的報紙新聞，才能讓這些新手讀者像上癮般養成習慣。如果幸運的遇到熱愛閱讀的老師和家長，一些有足夠深度的文本還能引起師生、親子之間，餘韻猶存的討論。

我的晨讀媽媽計畫並沒有成功，但這樣的經驗激發出【晨讀10分鐘】系列的企劃。在當今升學壓力下，許多中學生每天早上到學校，迎接他的是考不完的測驗卷。我們希望用晨讀打破中學早晨窒悶的考試氛圍。每日定時定量的閱讀，不僅是要讓學習力加分，更重要的是讓心靈茁壯、成長。在學校，晨讀就像在吃「學習的早餐」，為一天的學習熱身醒腦；在家裡，不一定是早晨，任何時段，每天不間斷、固定的家庭閱讀時間，也會為全家累積生命中最豐美的回憶。

第一個專為晨讀活動設計的系列

【晨讀10分鐘】系列，透過知名的作家、選編人，為少年兒童讀者編選類型多元、有益有趣的好文章。二〇一〇年，我們邀請了學養豐富的「作家老師」張曼娟、廖玉蕙、王文華，對中學生推出三個類型的選文主題：成長故事集、幽默散文集、人物故事集。以及給小學生晨讀的科學故事集、童詩精選集。

在成長故事集裡，張曼娟老師大膽挑出教科書不會出現，卻是縈繞少年時期的主題：關於失落的童年、初萌發的愛情、無人了解的寂寞與恐懼……。好笑的東西，只能有一種「綜藝節目」式的語言嗎？廖玉蕙老師蒐羅了古今中外名作家的散文，讓少年讀者開懷閱讀，又能體驗高段幽默的雋永。人物故事集，是探索自我的少年關鍵期必備的案頭書。喜愛歷史的王文華老師，又編又寫的打破過去「偉人傳記」的沉重，找出「勇於追求不一樣」的人物典範，他們或是當代的麵包師傅吳寶春、揚名海外的服裝設計家吳季剛、風靡世界的蘋果電腦創辦人賈柏斯；或是千百年前的怪咖鄭板橋、地理學家徐霞客……。

二〇一一年繼續推出文學大師短篇作品選，我們邀請鑽研西洋文學、少年小說多年的張子樟教授挑選出閱讀層次更加豐富的各國文學大師之作，透過大師的短篇作品，年輕孩子將更容易親近文學大師的風采，汲取他們的藝術菁華。

我們的想像是，如果中學生每天早上都能讀一段某個人的生命故事，或真實或虛構，或成功或低潮，一年之後，他們能得到的養分與智慧，應該遠遠超過寫測驗卷的收穫吧！

【晨讀10分鐘】系列，帶著這樣的心願，從最「艱困」的中學階段開始，持續擴張年段和題材的多元性，陸續出版，包括：音樂才子方文山先生選編《愛・情故事集》、文學評論和政論家楊照先生選編《世紀之聲演講文集》、《天下雜誌》群總編輯長殷允芃女士選編《放眼天下勵志文選》、自然觀察旅遊作家劉克襄先生選編《挑戰極限探險故事》。二〇一二年，推出了林良先生選編的《奇妙的飛行：小學生生活散文選》，持續為中小學年段的孩子推出更豐富的閱讀題材。

推動晨讀的願景

在日本掀起晨讀奇蹟的大塚老師，在臺灣演講時分享：「對我來說，不管學生在哪個人生階段……，我都希望他們可以透過閱讀，讓心靈得到成長，不管遇到什麼情況，都能勇往直前，這就是我的晨讀運動，我的最終理想。」

這也是【晨讀10分鐘】這個系列出版的最終心願。

—專家推薦—

晨讀十分鐘，改變孩子的一生

文／國立中央大學神經科學研究所教授　洪蘭

古人從經驗中得知「一日之計在於晨」，今人從實驗中得到同樣的結論，人在睡眠的第四個階段會分泌跟學習有關的神經傳導物質，如血清素（serotonin）和正腎上腺素（norepinephrine），當我們一覺睡到自然醒時，這些重要的神經傳導物質已經補充足了，學習的效果就會比較好。也就是說，早晨起來讀書是最有效的。

那麼為什麼只推「十分鐘」呢？因為閱讀是個習慣，不是本能，一個正常的孩子放在正常的環境裡，沒人教他說話，他會說話；一個正常的孩子放在正常的環境，沒人教他識字，他是文盲。對一個還沒有閱讀習慣的人來說，不能一次讀很多，會產生反效果。十分鐘很短，只有一個小時的六分之一而已，對小學生來說，是一個可以忍受的長度。所以趁孩子剛起床精神好時，讓他讀些有益身心的好書，開啟一天的學習。好的開始是成功的一半，從愉悅的晨間閱讀開始一天的學習之旅，到了晚上在床上親子閱讀，終止這個歷程，如此持之以恆，一定能引領孩子進入閱讀之門。

新加坡前總理李光耀先生看到閱讀的重要性，所以新加坡推0歲閱讀，孩子一生下來，政府就送兩本布做的書，從小養成他愛讀書的習慣。凡是習慣都必須被「養成」，需要持久的重複，晨讀雖然才短短十分鐘，卻可以透過重複做，養成孩子閱讀的習慣。這個習慣一旦養成後，一生受用不盡，因為閱讀是個工具，打開人類知識的門，當孩子從書中尋得他的典範之後，父母就不必擔心了，典範能讓他自動去模仿，就像拿到世界盃麵包大賽冠軍的吳寶春說：「我以世界冠軍為目標，所以現在做事就以世界冠軍為標準。冠軍現在應該在看書，不是看電視；冠軍現在應該在練習，不是睡覺……」，當孩子這樣立志時，他的人生已經走上了康莊大道，會成為一個有用的人。

晨讀十分鐘可以改變孩子的一生，讓我們一起努力推廣。

專家推薦

從聆聽和語境爆發的成語力，讓學習事半功倍

文／彰化縣原斗國小教師　林怡辰

寫推薦文前不久，我才剛接到家長的求救：希望我推薦成語相關的書籍。我開心的告訴他：等等吧！《晨讀10分鐘：成語故事集》快要上市了！

成語在生活中周遭處處所見，不管報章雜誌、電視節目，常有許多耳熟能詳的成語，用四個簡短的字句，就可以代表抽象的經過和複雜的概念，是文化的濃縮。但對孩子來說，這些成語千萬變化，後面還包含了龐大的故事脈絡、相同相似、抽象概念……全部在四個字裡面，要學得好、學得精準、學得輕鬆並不是簡單的事。

舉例來說，「揠苗助長」光從字面上看來似乎是褒意，但了解背後的故事之後，才

知道是農夫為了幫助禾苗快些生長，把它往上拔，是在比喻不管事情的發展規律，強求速成，才知道原來是貶意，和「欲速不達」的意義相近。

如果孩子沒有真正讀懂文章中成語的意思，只是被動的背誦意思或望文生義，那麼「爸爸媽媽出門遠遊，我很想念他們，彷彿他們『音容宛在』！」也似乎沒那麼讓人瞠目結舌了。又怎麼可能懂得用成語造句、寫文章，或是用成語通暢的表達出自己的意思。

因此，推薦成語書籍，我都希望從語境入手，透過一個個生動的故事，真正了解成語背後累積濃縮的意義，再加上適當的句子示範，才能融入生活中，變成自己的語詞而活用。而這套《晨讀10分鐘：成語故事集》，就做了很好的示範：

提供脈絡及語境

成語的學習貴在語境，有了良好的環境脈絡，才能完全理解背後的意義。這套書附有大量的故事、解釋和例句，並從一個有趣的三國故事——「樂不思蜀」開始，揭示主題的成語，再連結數個同類型的成語，給予例句。像是樂不思蜀、喜出望外、心花怒放、手舞足蹈、喜極而泣、樂不可支、眉飛色舞等，都是「開心」的成語，孩子可以很簡單的想像開心的情境，像是被誇獎、有好表現、被肯定、出門旅遊、做一件事情成功，再從故事中知道「樂不思蜀」還有外出遊玩，開心到不想回家的脈絡細節，才可以順利產出「這次的旅遊實在讓大家滿意極了，全家人都樂不思蜀了呢！」如此的編排，補足了細節，才能學得好、學得精準、學得輕鬆。

統整類別

利用心情感受、待人處事、外在表現、社會生活四大類，與五十二個主題、三百六十五個成語，一天一則，讓孩子具備不同主題分類的概念，而不是零散學習。因此，之後學習到新的成語，很快就可以進行「同化」和「調適」。比一比，這個新學到的成語和之前的有什麼一樣的地方？想一想，那和之前又有什麼不一樣呢？如書中已經有關於「喜」的成語有樂不思蜀、喜出望外、心花怒放、手舞足蹈、喜極而泣、樂不可支、眉飛色舞，關於喜悅的常用成語都已經概括，如果再遇見一個「喜不自勝」，是否類似呢？這些成語都是在形容開心，差別只在程度不同，可以讓孩子進行不同的辨別和思考應用，在學習當中統整、細緻的辨析差異，再試著用最貼切和細緻的語詞，表達出自己的感受。

配合劇場版CD

這套書和坊間產品很不一樣的一點是，它附有劇場版CD，同時是一套優質的有聲書。有聲故事生動的聲線，就像聆聽小劇場一樣。對於中年級的孩子來說，聽覺練習是很重要的，可以從中模仿專業流暢的語調和朗讀，一方面奠定成語的基礎觀念，一方面也練習了聆聽，一舉數得！

立即檢測應用，效果更佳

書中除了每個成語皆附有解析及例句外，在單元後面還附有有趣的成語小遊戲，在看完典故後立刻加以應用，補足概念不穩之處，也可以從中得到成就感。

每天十分鐘的累積力量

閱讀是日常點滴的累積，每天只要花費十分鐘，即使一天一則，日積月累的學習量也非常可觀。而藉由接觸這套書，孩子有了興趣、去除了恐懼、塑造了習慣後，孩子可以從大量閱讀中累積和得到成語的學習策略，像是望文生義、或是從上下文推測，還可以和書中的成語辨析統整，很快就可以遷移到其他文章中更加艱深、抽象的成語，事半功倍！

一直以來都有家長希望我推薦成語書，但我並沒有特地介紹，因為我覺得成語是一種過渡學習，了解、應用後，還是要用自己的語詞貼切的寫出感受。但如果希望讓孩子在成語學習過程中，能夠有效率、有系統、有聆聽和故事脈絡，那我誠摯推薦這套書，以系統化的方式來作為認識成語的入門書，學習在精不在多，在思考應用不在死背，誠摯推薦！

晨讀 10 分鐘系列 031

[小學生]
晨讀10分鐘
成語故事集（上）

國家圖書館出版品預行編目(CIP)資料

晨讀 10 分鐘：成語故事集（上）／李宗蓓著；
蘇力卡繪. -- 第一版. -- 臺北市：親子天下, 2018.10
176頁；14.8x21公分. --（晨讀 10 分鐘系列；31）

ISBN 978-957-503-035-3（上冊：平裝）

802.1839　　107013971

作者／李宗蓓
繪圖／蘇力卡

責任編輯／李幼婷
美術設計／曾偉婷
內頁排版／中原造像有限公司
行銷企劃／葉怡伶

天下雜誌群創辦人｜殷允芃
董事長兼執行長｜何琦瑜
媒體暨產品事業群
總經理｜游玉雪
副總經理｜林彥傑
總編輯｜林欣靜　行銷總監｜林育菁
副總監｜李幼婷　版權主任｜何晨瑋、黃微真

出版者／親子天下股份有限公司
地址／台北市 104 建國北路一段 96 號 4 樓
電話／（02）2509-2800　傳真／（02）2509-2462
網址／www.parenting.com.tw
讀者服務專線／（02）2662-0332　週一～週五：09:00~17:30
讀者服務傳真／（02）2662-6048
客服信箱／parenting@cw.com.tw
法律顧問／台英國際商務法律事務所・羅明通律師
製版印刷／中原造像股份有限公司
總經銷／大和圖書有限公司　電話：（02）8990-2588

出版日期｜2018 年 10 月第一版第一次印行
2024 年 6 月第一版第十九次印行
定價｜260 元
書號｜BKKCI004P
ISBN｜978-957-503-035-3